문학과지성 시인선 124

56억 7천만 년의 고독

함성호 시집

문학과지성사에서 펴낸 함성호의 시집

쯩 타즈마할(1998)
너무 아름다운 병(2001)
키르티무카(2011)

문학과지성 시인선 124
56억 7천만 년의 고독

초판 1쇄 발행 1992년 11월 25일
초판 8쇄 발행 2014년 8월 29일

지 은 이 함성호
펴 낸 이 주일우
펴 낸 곳 ㈜문학과지성사

등록번호 제1993-000098호
주   소 121-894 서울 마포구 잔다리로7길 18(서교동 377-20)
전   화 02)338-7224
팩   스 02)323-4180(편집) 02)338-7221(영업)
전자우편 moonji@moonji.com
홈페이지 www.moonji.com

ⓒ 함성호, 1992. Printed in Seoul, Korea

ISBN 89-320-0591-5

저 황도를 홀로 가는
태양의 지루한 여행을 위해 이 시집을 바친다

自 序

천불 천탑 세우기
내 詩쓰기는 그런 것이다.

1992년 12월
함 성 호

56억 7천만 년의 고독

차   례

▨ 自   序

비와 바람 속에서

1

감사합니다 감사합니다 영욕의 우거진 숲은 만장
하신 여러분의 뒤꿈치에서 끝나 있습니다 참으로 오
랜 눈가림의 세월이었습니다 어제는 두꺼운 구름을
동반한 기압골의 영향으로 대낮이 흡사 한밤중과 같
았습니다 그 어둠에 쌍심지를 켜고 달려오신 그대들
의 절망에 다시 한번 동조합니다 우리들의 이성은
상승하는 아드레날린의 분투 속에서 잠들고 마지막
고배는 우리들의 몫입니다 이것은 예십니다 더러는
만신창이의 몸으로 또 더러는 풍지박산난 폐허에서
새로이 일어선 그대들의 부활은 눈물 없이 들을 수
없는 생생한 실화였습니다 그대들 먼 옛날의 구전하
는 신화 속에서 딴은 세렴에 걸린 햇살과 같이

2

똥물 뒤집어쓴 입닥치고 시키는 대로만 해온 어제
와 오늘이었어요 정조는 갈보만의 것이구요 교회
산업도 휴머니즘의 무거운 외투를 벗어던진 지 오래
잖아요? 두 눈 똑바로 뜨고 본 순 다큐멘터리예요 비
평 없이 받아들이세요 다 몸에 좋은 독약이거든요

동물들은 진흙탕 속에서 상처를 치료한다고 유명한 만화가 모씨가 그러더군요 우리 인간들도 그것이 가능할까요 무조건 믿으세요 맹신이 아니라 광신이에요 광신이라니까요? 기억하세요

3

아름답네요 그대 어깨 위에서 자멸하는 역광의 눈부심이 사지에 쥐나도록 아름답네요 분절하며 증식하는 짚신벌레의 생식처럼 화형의 세월 속으로 침잠하는 부나비예요 수면에 던져진 돌멩이와 같아요 눈을 뜰 수 없이 승천하는 불꽃처럼 타오르네요

4

생생하다 꿈속에서 마주 쥔 그대의 손이 생시처럼 불운한 손금에 흐른다 거부할 수 없는 현실 앞에서 견디우고 있는 저 꽃 피우지 못하는 개나리는 시방 변심중이다 아무리 낮게 허리 굽힌 사랑도 대신 처형 받을 수 없고 아무도 그대 면전에 서서 침 뱉지 못한다 아무도 돌 들어 그대 머리 깰 수 없다

5

바로 그렇다 가시적인 것만이 모든 위험 속에서
우리를 구원할 수 있다 호주머니에 딱 알맞은 종이
쪼가리가 당신의 인격을 편리하게 대변해주고 이런
빗속에서 누군가 터벅터벅 걸어와 자신의 신분증을
보이며 "신분증 좀 봅시다" 하면 640120-1279317과
본적과 현주소 병과와 등고선 같은 엄지의 전개도를
보인다 믿습니다 대한민국 국민이시군요 전화 확인
까지 끝낸 그의 눈에서 나는 사로에서 벗어난 약한
인간의 안도감을 읽는다 다시 빗속으로 사라져가는
커다란 박쥐 우산──속에서 담배에 불을 붙이는 그의
머리는 엉성한 화염병처럼 자기 환멸적이다 만약 그
의 머리가 점화되어 빈 공중으로 날아오른다면

6

부처가 꽃을 꺾어 뭇 대중들에게 보였지만 아무도
그 의미를 눈치채지 못할 때 "자연 보호 합시다" 누군
가 이렇게 말했다 지당한 말이었고 가섭도 얼른 체
제에 편승했다 나무아미타불

7

첫닭이 울기 전까지 네가 나를 세 번 부정할 것이
다   저는 하백의 딸로서 이름은 유화 한 사내와 정을
통해 버림받았습니다   심인: 돌아와서 어서 빨리 모
든 걸 용서해줘: 믿지 마, 개새끼들 피로 쌓아올린
우리 젊은 날의 성전 코피 풀어 첫사랑에 발라먹던
유리는 부러진 칼을 품에 품고 왕이 되기 위해 아버
지의 나라로 갔다: 첫닭이 울기 전까지 네가 꼭,: 어
디서 말의 목을 베 갈증을 달래는 피비린내가 모두의
숨을 죽이고 있었다

8

그대 부재의 세상을 한번 생각해보셨나요(미륵이시
여 존나게 기다려도 오지 않아 나는 개종했소)   삼라
만상이 흐린 일기 속에 몸을 숨길 때 어쩐지 이 이승
의 끝이 더 분명히 보입디다 육삼빌딩이 제5공화국의
송덕비 같다는 생각이 문득문득 들 때마다 여의도를
저어 떠나버릴까 생각도 했었다오   서두르세요   성서
속의 홍수가 넘쳐 지상에 흐르고 있답니다

9

선화공주를 꼬득여 마누라 삼은 백제 무왕의 이름
은 장이었다 나는 그에게 생명을 준 연못으로 가 아
랫도리 풀고 오줌 누었다 강이여 나도 남몰래 너를
안고 강 이쪽과 저쪽을 넘나들고 싶었다 오늘 너와
내가 통정한 것은 피차 거추장스러운 동정을 털어버
리고 우리들 앞에 놓인 치사량의 수면제와 대좌하기
위함이다 비록 우리들 흰 속옷에 군화발로 도장 찍
혀도 할 말 버버거리며 도무지 알아듣지 못하더라도
아름다운 공주님 선화공주님 서동이를 꼭 안으세요

10

파랗게 이는 불꽃이여 남몰래 간직한 사랑의 힘으
로 하루하루 필사적으로 살아갑니다 방금 다리를 건
너오며 어떤 구원 같은 것을 느꼈습니다 어둠에 불
을 현 차량들이 반딧불처럼 낮은포복으로 다리를 건
너오고 계백은 빗속에서 내 처자식을 죽인 것은 저들
이지 생각한다

11

　춘풍추우 공습 경보의 세월이 가고 얼마 동안 바다
는 방파제 끝에서 피어난 백화 도무지 해저는 말이
없었습니다　아무래도 좋았습니다　숨쉬는 소리 하나
들리지 않는 고요한 바다는 또 다른 재난의 시작이었
으니까요　배 띄워 우리는 그 상한 바다 위를 여행하
듯 노 저어 나갔습니다.

사신도

고구려는 지상 건축물을 남기고 있지 않다 산 자들의 집들은 모두 대륙의 황사에 실려 천리마의 말발굽 소리에 묻어 두만강을 건넜다 고분의 벽화 속에서 말을 탄 무사가 깃을 휘날리며 살을 날리고 있었다 강가의 물안개 속을 이슬 머금은 꽃을 머리에 꽂은 처녀가 갈대를 헤치며 헤치며 크게 웃는다 놀래 날아오르는 좌·청룡, 우·백호, 남·주작, 북·현무 고구려 군사들이 요하를 넘어 요서에 대한 공격을 감행한다 고구려에는 어떠한 형식의 시가가 있었는지 분명치 않다 햇살에 눈을 감으며 처녀는 알 수 없는 곡조로 두만강변에서 노래불렀다 장성 너머로 바람이 불고 꽃이 지고 겨울이 오고 어머니는 철기의 유물처럼 녹슬고 계셨다

봄내, 거기서 나는 죽어도 좋았다

바다를 보지 못해 나는 병들었다

헛헛한 꽃들이 마른버짐처럼 피어나는 한 철 송화
가루 날리는 독백의 산 그림자 속에서 나는 변절의
수상스런 기포를 끊임없이 뿜어올리는 눈먼 쏘가리였
다 청춘의 푸른 가시에 상처입은 맨살 위로 축축한
안개에 불을 지르는 자학의 방화범, 얼른 잿더미로 화
해버리지 못해 안달하곤 하던 번제의 부정한 제물이
었다 솔잎혹파리에 침식당한 소나무숲을 가로질러 은·
백·회색의 나무들을 기르는 긴 강이 비에 젖을 때
내 광활한 불의 나무숲도 그 중심으로 푸르게 젖어갔
다 살아 있다면 흐르는 푸른색으로 보호받고 싶었
다──짙푸른 밤의 바다뱀 자리가 눈부신 햇살을 인
자작나무처럼 별들은 사원 목어의 빈 배를 두드리며
죽은 나무숲의 뿌리를 적시고는 곧, 지하의 수맥으로
흘러갔다 봄볕에 투사된 연록색 이파리 위에서 봄볕
보다 더 투명해져가던 카멜레온의 진정한 색은 무엇
이었을까──무성한 수풀이 가리마처럼 갈라지며 종다
리 우짖는 창천의 하늘 아래로 한 마리 정결한 산뱀
이 사라져가고 가는 가지에서 막 자라는 순결한 잎은
마지막 내려앉는 불온 삐라처럼 빛났다 엄청난 수

압의 폭포를 뚫고 둥지를 키우는 물까마귀의 날개처
럼 몰래 키워온 내 어린 철쭉의 붉은 꽃잎도 폭설에
부러지는 예각의 솔가지로 눈멀어갔다 강의 상류로
흘러가는 일점 바람은 뛰어오르는 잉어의 아가미를
꿰어내고 봄내, 거기서 나는 죽어도 좋았다

비둘기는 왜 도시를 떠나지 않는가

급경사진 고가도로의 우울한 무게를 참아내고 있는
위태로운 생의 교각과 교각 사이에서
너의 머리는 부유하는 홀씨의 너무 가벼움과 같다
보아라, 단 한 순간의 몰락을…… 예언하는 시청 앞
광장의
무수히 무릎 꿇린 백색 절망의 분수 위로
비둘기는 왜 도시를 떠나지 못하고
그 설운 울음을 묻으며 폐허에 사는가
열렬한 도시의 건설자들도 패망을 선언하고 환시의
투시도 밖을 제 발로 걸어나간
(꾸꾸르 꾸꾸) 이 거대한 타향에서
사르어오르는 태양 같은 동심원의 눈들을 뜨고 비
둘기들은
왜 도시의 상공을 떠나지 않는가 왜 비둘기들은 도
시를 떠난 다른 새들처럼
눈뜬 산열매와 바람 가득한 정령의 숲에서 살지 않
고
변종의 새끼를 낳고 기름받음을 주곤 하던 번식의
한 철을 지나
(꾸꾸르 꾸꾸) 가무음곡의 번제에서

비관의 설경을 정찰하는가

모든 문은 비상구다 그렇다, 모든 상황은 비상이냐?

매 순간마다 실낱 같은 목숨의 줄기를 매번 바꾸어
가며

입석의 광고탑만 네온사인에 점멸하는 ON, OFF의
도시를 보여주는 조감도의 하늘을

비둘기는 쓸쓸히 날고 있다——빌딩의 숲속에선

약물 중독의 건물들이 사지를 뒤틀며 환각을 꿈꾸
고

(꾸꾸르 꾸꾸) 그대 마음속 빈 사막

비둘기는 왜 도시를 떠나지 않는가

가을, 석문리, 147번지

수분을 증발시킨 들은 한없이 무거웠다 햇살이 앞
개울의 수면 위에서 산산이 부서지고 풀 한 포기 자
라지 않는 황량한 무덤, 미친 백모가 제정신이 되어
웃었다 거대한 山의 근육질 속에서 여자는 화장을
했다 어둠이 배어 있는 하얀 길을 검고 푸른 개가
가로질러 가고 서모는 조카를 업고 무성한 사내들 틈
에서 음부를 드러내고 있었다 형수는 붉은 꽃이 핀
풀숲에서 어린것의 젖을 먹이고 아버지는 낮은 들꽃
핀 청색 숲길을 혼자 가셨다 허리를 휜 노인이 서슬
퍼런 낫을 새끼줄에 감고 메마른 잡풀을 꺾으며 산길
을 올라왔다 간질이의 이복누이는 그림자뿐이었다
비석 뒤에 새긴 가족들의 이름들이 하나 둘씩 꺼져가
고 꺾인 다리를 펴 형이 그 비석을 업고 가을, 타는
山의 불길을 끌며 내려오고 있었다 강에서 짙은 물
안개가 피어오르자 길이 끝난 마을의 깊은 그림자 속
에서 노루 같은 몸매를 가진 여자가 나와 山으로 들
어갔다 달이 차오르자 뭇 개들이 일제히 털을 갈았
다 신기가 있던 숙모는 자꾸 무덤에 소주만 뿌리고
숙부의 등뒤에서 빈속이 울리도록 웃었다 창백한
이마를 쓸어넘긴 작은형은 지하실의 석관을 열

고 흰 두루마기를 끌고 청색 구름이 하얀 산길로 걸
어 들어갔다 이상한 짐승을 보았는데 둘은 죽고 셋
은 살았다

甲甲丁癸
戌戌巳卯

　　　　　　　　──마를린 먼로가 죽고
　　　　　　리버풀의 4인조 밴드 비틀
　　　　　　즈가 미국에 상륙했을 때
　　　　　　나는 태어났다.

　醉生夢死, 그 화사한 햇빛 속을 나는 정지한 화면처
럼 참 오래도록 거닐었습니다　이녁은, 애비에게 배반
당하고 에미를 배신할 것입니다요　아귀처럼 늘 혀가
갈라지는 갈증에 목말라하게 될 것이지만 이녁의 손
가락 사이를 몰래 빠져나가는 네 곳의 바다는 다시
이녁을 고독의 심연 속으로 막무가내의 침례를 치를
것입니다요　죽음은 기꺼이 가벼운 팔짱을 끼고 절대
절명의 순간으로 아주 서늘한 행보를, 나의 푸른 이마
에서 위악의 그림자를 짚어가고 형제들은 눈물로 이
녁의 육신을 불사를 것입니다요(장차 너의 자식들은
너처럼 너와 무관할 것이고 巳·戌원진〔元嗔煞〕이라
너의 애인은 너의 에미와 같을 것이다)──한문의 유
산도 물려받지 못할 것이다　바람의 운명이라 어느
보살의 섬세한 손길도 그대 운명을 탄주하지 못하리

라 어찌 이리 불쌍하까 네 애비가 너를 버린 것처럼
너도 네 아들들을 버릴 것이다 大慈大悲 어떤 원력
의 부적으로도 그대 생의 열주들을 다시 노래할 수
없고 오동추야, 無色한 바람 많이 大海를 움직일 뿐
술타령이라아

내 손주박 안에서 넘치는 바다

어디 갔다 이제야 왔니? 남바리 갔었어요 엄마 가
서 고기도 잡아올리고 벗의 죽음에 가서 꽃도 뿌리고
왔지요 그 바다의 고기들은 내내 싱싱하고 더 살쪄
서 절로 배가 불렀어요 모든 것이 일순간에 너무 풍
요로워지고 바다는 정말 번성했어요 어디 갔다 이제
야 왔니? 이른 강에 갔었어요 엄마 강은 엄마의 젖
무덤처럼 황폐해가지고 메마른 바닥에서 나는 놀았지
요 사람들은 곱게 서로서로의 머리를 매어주고 얼굴
엔 아름다운 화장도 해주었지요 나도 얼굴을 씻고 고
운 진흙으로 단장하려 했는데요 엄마, 자그마한 웅덩
이에 고인 물을 내 손주박으로 떠올렸을 때 거기에는
요, 파도치며 흐르는 바다가 떡 하니 있었어요 나는
그 바다에서 그만 목을 놓고 말았지요 어디 갔다 이
제야 왔니? 이제 무덤에서 금방 돌아온걸요 엄마 이
슬의 머리를 밟고 갔다 왔어요 많은 꽃들이 피어 무
덤 가는 길을 환히 밝혀주었지요 하늘이 너무 짱짱
해 눈이 가려워 그 하늘 다 보지 못했지요 눈감고
한참을 가다 나는 이윽고 낯선 마을에 닿았어요 거
기서 발을 씻고 한 삼 년 잘 살았지요 그곳엔 청승
맞은 꽃들이 주야장천 만발해 사람들은 늘 슬픈 얼굴이

었어요 어디 갔다 이제야 왔니? 초록빛 새들의 노래
를 쫓아 빈 들에 갔었어요 엄마 그곳엔 흰 눈이 내려
떡가루를 뿌려놓은 것처럼 눈이 모자라기 온들이 널
비널비 광활해 갔어요 그 눈 내린 벌판에서 나는 한
여자를 사랑했지요 여자는 자꾸 울기만 했는데요
난 그 계집의 슬픔보다 그 계집의 눈물이 짜서 더 좋
았어요 그게 탈이 되어 내가 쫓아간 초록빛 새처럼
내 사랑도 그렇게 떠나고 말았지요 어디 갔다 이제
야 왔니? 아무데도 가지 않았어요 엄마 단지 차디찬
건넌방에서 죽음처럼 누워 있었지요 거기에서 세상
밖의 온갖 소리들을 들었어요 방안엔 물이 가득차
나는 물고기처럼 말이 없었지요 엄마, 김칫국에 밥
말아 한상 잘 차려주세요 하나 하나 먼 산 능선의
나뭇잎들을 다 읽어낼 수 있을 것 같습니다

잠속으로

　　잠잔다 겟세마네의 밤　그는 생생하다 잠잔다(지금
내 마음이 더할 수 없이 외로우니 너희는 여기 남아
서 나와 같이 깨어 있으라) 잠잔다　잠자는 내 얼굴
에 그의 고독이 수면제처럼 번져온다 그래도 나는
계속 잠잔다(너희들은 나와 함께 단 한 시간도 깨어
있을 수 없단 말이냐)　잠잔다 나는 아주 귀찮다(깨
어 기도하라)　무슨 기도를 하란 말인가? 진정으로
절망한 자는 모든 것을 믿게 마련이다　나는 또다시
자고 있었다　눈을 뜨고 싶지 않았다　어린애처럼 잔
인한 나의 생시를 보고 싶지 않았다　첫닭이 새벽을
알릴 때까지 누구는 자라의 목을 밟고 도망치고 누구
는 세 번씩이나 배신을 말했지만, 나는 계속 잠잤다
망각의 물을 마시고 죽음의 수면 아래로 한없이 잠겨
들어갔다　망각은 다시 기억을 일깨우고 누가 울었다
부활은, 우리에게 섹스를 강요하고 있는 힘은 죽음인
것처럼 죽었다　살아나는 것은 우리의 자:지밖에 없
다　나는 혀를 깨물고 잤다

식은 밥

어머니 밥 잡수신다
시래기국에 찬밥덩이 던져
넣어 후룩후룩 얼른 얼른
젖은 행주처럼 조그맣게 쭈그리고 앉아

목 퀭한 환자복의 아들이 남긴
식은 밥 다아 잡수신다

어머니 마른 가슴으로 먼 하늘 보신다
삭풍에 거슬러 살 날리던,
유리의 땅은 바닷바람 같은 먼 나라
내 목숨 같은 먼 나라

봄에서 여름으로
여름에서 가을로
한 계절을 씻어내리는 비

두만강 물소리에 밥 말아
어머니 이른 아침밥 드신다
붉은 흙 퍽퍽 가슴에 채우신다

타르쵸

인류여 멸망하자——
봄날 우리 묵묵히 그 모래 바람 속을 걸었습니다
긴 여행에 오래도록 지쳐 이력이 난 대상들처럼
우리 행렬을 이룬 시간과 시간의 녹슨 기둥들 사이
로
영동의 푸른 바람이 깨진 유리잔의 파열음으로 울
고 갈 뿐이었습니다
그 울음들을 달래며 우리 잔들이 넘쳐흘렀습니다
잔을 들지요,
매일매일의 순결함으로 부활하며 황도를 홀로 가는
태양의 그 지루한 여행을 위해——, 우리 그 한밤을
긴 노래로 메워나가기 시작했습니다
어디서 물기에 젖은 낙타의 가는 울음이 그 밤을
도와
파랑 모래를 뜨겁게 달구며
마른 나뭇가지 위의 독사가 허물을 벗고 한줌 수분
도 남기지 않은 채 우리
마지막 잿속에서 사르어지는 알불처럼 메말라갔습
니다
한밤 꽃들이 터져 피는 소리에 화들짝 잠을 깨고

밤새 가슴을 쓸며 가는 물소리에 오래도록 잠 못
이룰 뿐
투명한 물그림자 우리 얼굴에서 이리저리 흔들렸습
니다
추억하시나요? ──잔을 비우시지요,
갈증을 달래는 순수한 물의 희구를 버리시지요
나는 필요하다면 언제든지 불의와도 타협하는 마왕
파피야스의 어린 제자
내 속의 슬픔을 핥아주시지요
혹 그 끝없는 표류의 깃발을 보셨나요?
입 안 가득히 씹히는 상념의 모래알을, 깊은 발자국
마다 고여드는
영욕의 물그림자 속에서

북한산에 구름이 일더니 연신내가 넘친다
나의 운명이 한 잎 대마 연기처럼 폐부 깊숙이에서
떠오르는 한낱 몽환과 같은 것일 때
황사에 가린 흐린 도시의 물때 낀 屋上
깃발에 적은 내 시를 읽어가는 광기에 부푼 바람의
의미는 무엇일까

사라방드 같은 비와 폴로네즈 같은 가로수를 걸으
며
　나는 집시처럼 춤춥니다
　당신처럼 푸르른 세상은 없을 겝니다
　이처럼 어두운 희망도 없습니다
　나도 전자파의 조합으로 만들어진 영상처럼
　리모컨의 붉은 단추로 사라져버리는 허상이지요
　아니면 욕계의 더러운 짐승? 습기 머금은 바람의
서자다
　살해의 도구를 피하려 안간힘 쓰는 자궁내의 태아
처럼
　단 하나의 출구가 내겐 말할 수 없는 고난의 입구
다
　내 등을 타고 오르던 포도나무에 관한 추억을
　이타카에 돌아온 오디세우스의 절망을
　나는 안다

　아직도 타오르고 있는 이 별을 위해, 인류여 멸망하
자
　흐린 날의 숲들은 자꾸 어디에로인가 가고 싶어한다

다시 지옥으로──, 바람은 숲들의 전설을 검은 머리
칼처럼 풀어놓아
　밤은 테러리스트의 유우머처럼 신비롭다
　바다로 가는 별들, 맨발자국마다 고여드는 그물 같
은 은하
　그리운 눈동자들마다 고여드는 별빛의 푸르름은
　진정 우리를 지탱해주는 것은 추억의 힘이다──나
는 새로운 種을 기다린다
　그대들 불어가는 시간의 바람 속에서 왔으니
　이제 다시 그 바람에 실려
　가라, 시간의 지층 속에서 켜켜로 누워 있는 고단한
화석으로
　태양을 일구는 사막의 한가운데로
　도시의 대형 창들이 살의로 떨어지고 마천루들이
흐르는 모래에 잠겨간다
　금동 미륵보살 반가사유상에 키스하고 싶다 그 얇
은 입술에, 유랑의 창녀 테오도라가 건설한 비밀한 사
원에서 해풍처럼 땀내나는 알몸으로 성애의 긴 춤을
추고 싶다 독오른 뱀의 혀처럼, 튀어오르는 잭나이프
의 칼날같이

내 온몸은 죽음의 수상한 공기를 감지하고 있다
재생용지 같은 생이라면
아무에게도, 아무에게도, 이 잔을 옮기고 싶지 않다

　*타르쵸: 티베트 승려들의 경전을 적은 붉은 천. 티베트 승려
　　들은 그 천을 깃대에 걸어 사막에 꽂아두고 바람에 부르르 떠
　　는 깃발의 소리가 나면 바람이 황포에 적은 경전을 읽고 가는
　　것이라고 생각한다. 이것은 쉬운 범신론이 아니다. 나는 '반문
　　명의 문명'의 한쪽으로 이것을 잡는다.

모닝좆

　벗들, 저 계집 종아리에, 털난 거 좀, 보지, 들, 살빛
스타킹을 뚫고, 삐죽삐죽 솟은 저, 털들 좀 보게 징그
럽게스리 살고 싶네, 그려
　새벽마다 상승 기류를 타고 몰리는, 혈액의 거석 신
화를,
　벗들, 해서 나는 존재하는가? 딴은, 열반이야말로
위대한, 진화의 방식, 내 육신은 고뇌로 부푼 풍선,
　건드리지 말길 아무도 모르게, 나는 아프다요
　북의 악질 공산주의와
　남의 저질 자본주의는
　화해가 안 된다요?──벗들, 벗들은 죽어, 백두대간
의 산신들이 됩지 그래, 나는 죽어 동해 용왕이 되어
들, 징그러운 세상, 개벽해보지, 들
　내 척추의 긴 경혈에, 금침을 꽂아주지, 멍든 피를
뽑아 투명한 선홍색 피를 순환케 하야, 적어도 말일
세, 삼천갑자는 살아야것네 벗들,
　저, 요니를 노출시킨,
　아으, 女神의──.

저 만장 너머에 무엇이

헤헤
그렇습니다요 무릇, 깨우치려고 하는 者는
살인의 죄명을 가장 가혹하게
자기 것으로 해야 옳고, 말 것입니다요
이녁은, 썩은 해골의 물을 단숨에 삼키고
우주의 척추를 관통하고 있는 신비한 회로를 열어
이녁의 회음에서 잠자고 있는 그 뱀을 깨워
저 정점으로 순환케 해야, 바람직한 일일 것입니다요
통일은 모든 개체의 통일입니까요?
이녁, 그제서야 이녁의 정수리에 핀,
일천 개의 꽃잎으로 이루어진 연꽃은
모든 색채가요, 모든 힘이요, 모든 촉수가요,
동시에 응집되어 있는
광채, 광휘의 모습일 것입니다요,──헤헤헤 딴은,
지 온몸에 시녀를 끼었고 뜨거운 뱀의 숨결로
점화, 확 싸질러져서 단박에 우주로 합일하려고 하는
또 한 수행자가 있다는 말을, 들었던 것도 같고요
아니 들었던 것도 같단 말씀입니다만요 그것은 말
입니다요
　저 유황불의 지옥밭 속으로 스스로 기어들어간 지

장의,
　눈물의, 비장한 염원과 많이 닮아 있는데 말입니다
요
　이녁은, 이녁은 꼭, 성불하시길 빕니다요
　이거 비겁하다요, 이녁의 홍두깨는 헤헤, 너무 아프
다요
　그렇습니다요, 그 떡을 받아 자시구레, 천천히 꼭꼭
씹어 자시구레
　이녁은 유죄입니다요, 하늘과 땅을 매개하는 이,
　진동음——, 저 만장 너머에 무엇이, 또아리틀고 있
든
　이녁은 살인잡네다 헤헤,

　＊ 통일은 모든 개체의 통일이다——김지하의 시제.

火式圖

번제의 나를 사르라, 나는 이른 태양의 들에서 부푼
바람의 노래와 같이 춤추고 바람의 빈 목소리는 불멸
의 나무가 자라는 모습을 본다 불을 숨기고 있는 저
숲 흙은 불을 품고 있다 이제 정화의 불길을 끄고
식은 불덩어리에 씨를 뿌려 흔들리는 불의 춤이 그
위대한 식욕을 일으킬 때 그대의 정숙한 허리에서도
욕정이 휘감겨옴을 느낄 것이다 봄날은 갔다 흰 뼈
통째로 드러나보이도록 투명한 봄날은 갔다 병든 한
강아 가슴 복받치도록 아름답구나 청색 홍색 유등이
매연에 가린 달빛의 매캐한 빛을 타고 회개와 변절의
땅끝으로 하염없이 흘러간다, 간다 나는 동부 아프리
카의 건기를 견디우고 있는 폐어 광야의 40일 동안
얼마나 목이 말랐는지

15세에 학문에 뜻을 버리고 나는 꼴린 대로 살았다
어디로 날아갈 수 있으랴 나는 나의 날개를 불태웠
다 애야, 태양 가까이 날아서는 안 된다 어서 피해요
이미 젖어버린 우리들의 운명
간다, 파문에 실려가는 눈부신 햇살보다 더 밝게 혹
은 심해의 골짜기로 더 어두운 가운데로 오! 행복한

날들을 노래하며 감옥 같은 방 감옥 같은 밖, 나도 금
방 녹아내릴 밀랍의 날개를 달고 저 태양이 뱉아내는
불덩이를 삼켜 내 안에 가둘 수 있을까 나와 그대의
공허한 동굴로 바다가 흐른다

　깨달아서 무엇하리, 마왕 파피야스의 싱싱한 딸들이
나의 머리 위에서 발끝까지 향유를 붓고 속삭였다 깨
달아서 무엇하리 나는 누룩을 빚어 빛나는 황금을 취
했다 한 개의 눈과 천 개의 손을 가지고 단 세 발자
국만으로도 전우주를 덮을 수 있게 되었다 저 거대
한 용이 살고 있는 바다 깊이 물빛 나라로 향하는 한
마리 새의 숨찬 고독을 나는 안다 불은 왜 태어나자
마자 자신의 부모를 죽이는가 어머니, 아버지, 곧 병
들 육신과 뒤틀린 정신만 물려주신, 나는 청춘의 가장
푸르른 날에 죽음을 보았다 아버지는 어린 내 몸에
물을 뿌리며 무럭무럭 자라거라, 하셨지만 나는 식물
의 성장을 멈추고 세균처럼 자라났다 어머니는 흡사
눈물로 만들어진 사람 같았다 무형의 바람 끝에서
동해안의 솔방울이 떨어져나가고 어머니는 낯선 아이
의 머리칼을 만지시며 바람이 몰려가는 소리를 내곤

하셨다

얼른 붙잡아, 문둥이 손톱 같은 세계——흔들리지 마
끓어오르는 눈물을 참을 수 없어 국민학교 동창인 그
놈은 살인자가 되었대(악수를 하자 내 손바닥에 칼날
이 쥐어졌어) 독사의 아가리에 나의 남근을 물려주었
지 그때 불의 바다로 폭설이 지고 휘영청 밝은 보름
달 속으로 북청 사자가 갈기를 저어 날아간, 새의 불
타는 날개를 보았지 적송의 껍질을 키우는 소나무
숲에서 거대한 새가 태양을 삼키고 바람이 바람을 먹
고 불이 불을 태우며 울울창창의 숲들을 키워간, 밤섬
의 철새들이 계절의 강물에 얼굴을 묻고 건져올린 폐
허의 연대

언제나 너의 춤은 칼날처럼 슬프다

어디로 날아갈 수 있으랴, 불의 사랑에 눈 먼 우리
들의 운명

당신과의 교신을 바라고 있는
누군가가 있다

　직육면체의 벽지 속에 누군가가 숨어 산다　종이 한 장 두께만큼의 나의 얇은 고독도 굳은 담벼락에 풀칠해진 흐린 벽보마냥 한없이 흔들린다　아침 밥상이 꼭 제사상 같구나 얘야. 주간지 속에서 환히 웃고 있는 금년도 미스 코리아의 얼굴에 오랜 허무의 엑기스를 사정했다　짙은 밤꽃 냄새가 확, 무릎을 꿇은 채로

　(세계와 나와의 통로를 차단하지 말자)

　일어나라, 함께 가자──나를 파는 자가 가까이 왔느니라
　놈은 엄지를 사랑한다　이현세 만화의 일편단심형 여주인공을 사랑하는 놈은 엄지의 약간은 몽롱한 듯 뜬 눈을 욕정에 못 이겨한다　우리의 사랑은 만화 속의 한 컷처럼 늘 펼쳐보아도 적막하다　혁명은 오래 적막하다

　저는 아버지의 나라가 임하길 기대하지 않아요　천국이라는 곳도 이 지상만큼 아름다울까?　다시는 우

리들의 피로 당신의 손을 적시지 마세요, 죄악이라구
요 당신의 이상은 폐허예요

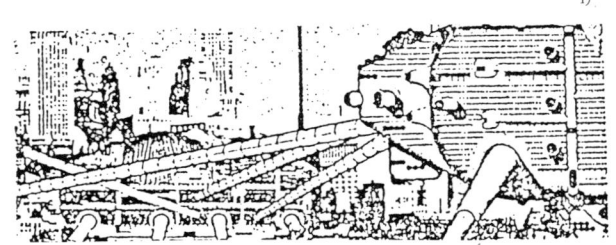

아아키 그램 그룹의 '걸어다니는 도시'

저 푸르른 하늘을 꼭 피로 닦아내야 하겠니? 1963
년에 설계된 프랑소와 달레그레의 '우주도시-아스트로
네프 732'는 7,000여 명의 인원을 화성에 쏘아보냈다가
다시 (희망적으로) 데려올 계획이었다[2] 나는 블랙홀
내의 다른 문명과의 교신을 꿈꾸었다——타오른다 내
머리칼

'윤동주의 序詩에 의한 세기말적 변주'

어쩔 수 없어 먼저 간다 순수하게
살고 싶었는데 그 자식들이 내 인
생을 망쳐놓았다 하늘에 가서도
너희들은 용서 않는다[3]

그대 푸른 연꽃 위에 앉아 극도의 분노로 왼발로는
大自在天의 몸을 짓밟고 오른발로는 烏摩天妃의 젖가
슴을 누르고 분노의 인상 뒤에 기쁨의 눈물을 흘리고
있지, 알지
　아름답구나 오염의 강이여, 한 마리 물새가 힘찬 바
람에 거슬러 주홍빛 성산대교를 넘어 범람의 강변을
배회할 때 이 더러운 자식, 너는 너의 어린 누이와의

근친상간을 바랐지? 대홍수의 날 신문지를 타고 어딜 가니, 내 어린 가축들아 내 허벅지를 물어뜯고 날아가 는 모기를 합장하듯 두 손바닥에 장사지내고 본 아뿔 싸! 이것은 바로 나의 피

당신과의 교신을 바라고 있는 누군가가 있다!

당신과의 교신을 바라고 있는 누군가가 있다!
당신과의 교신을 간절히 바라고 있는 누군가가
있다!

　　*詩탑──수직으로 쌓아올린 8대의 텔레비전,
사이로 서로 다른 예언을 일삼는 7쌍의 스피커

　(이제 곧 마지막 나팔 소리가 울릴 것이다　고독한
인류여)

　그리하여 한 예술품 파괴주의자가 8대의 텔레비전 탑
을 부수고 예언의 회로를 끊고 신문에 광고를 냈다 "중고
TV 수상기 8대, 고물 스피커 14대 구함" 쓰레기를 모아놓
은 것인 줄 알고 폐기 처분했는데 배상 요구가 들어왔음
다시 내가 그대로 만들어주려고 함……그게 詩인 줄 몰
랐음[5]

　(이 시를 태워 그 재를 마시압)

　1) 맨해튼 섬에 가까워지고 있는 이 '걸어가는 도시'는 미국

독립에 대한, 런던의 아아키 그램 그룹의 때늦은 보복이
다──「근대 건축은 왜 실패했는가」, 피터 블레이크.
2) 이동성의 환상──「근대 건축은 왜 실패했는가」, 피터 블
레이크.
3) 집단 성폭행당해 女高生 비관 자살── 한국일보, 1990 년
9 월 18 일자.
4) 眞言 '옴'의 文字.
5) 실제로 제노바의 조각가 제럴드 민코프 Gerald Minkoff 의
비엔나 공원에서의 전시 기간중 있었던 일로서 반달리즘
*vandalism*을 상징적으로 보여주는 일화다. 신과 인간의 의
사 소통은, 인간과 세계의 의사 소통은, 인간과 인간 사이
의 의사 소통은, 대중과 예술의 의사 소통은, 어떻게 의사
불통의 언어로 일그러지고 있는 것인가? 아직도 시인은
'신과 언어를 통하여 말을 한 자'인가? 나는 이제 상업성
이 없는 예술은 예술이 아니다라고 말하고 싶다.

정선 아리랑——두 분 형에게

형님, 나는 갑니다
세상 술 모두 마셔버리고 허리
꺾이도록 시린 춤 한번 추자던
약속 지키기 위해 갑니다 가요
진흙탕 여울물 위에
가래침 탁탁 뱉으며 갑니다
채송화 돼지감자 캐 먹으며
파도치는 해변에서 뛰어놀던 때가
좋았어요 바람과 바다에 불 놓고
도망쳐나올 때 알았습니다
살아 있다는 그 이상한 부끄러움 뒤의,
사랑한다는 그 깊은 절망을
체득하고 말았습니다
파도가 등 떠밀고 있었습니다요
가라, 가마, 가자고
형님, 그 부름대로 나는 갑니다
의혹의 빈 난은 그대로 두시고
백백한 정선 아리랑
소나무 울음처럼 불러주십시오
그 바다에 눈 내릴 때까지
먼 산에——억수장마 질 때까지요

나의 전체는 누군가를 기다린다

아무에게도 전화 오지 않았다——인터콘티넨탈 호텔
과 현대백화점 삼성동 지점이
   먼지 낀 도시의 흐린 일기 속에 더 멀리에서 보이
기도 하고
   강남의 폐 선릉의 소나무가 더욱 거무죽죽하게 선
명해져가는 이 아침
   OPC-OCK 1224 기계식 전화기는
   백골의 나에게 아무런 신호도 보내오지 않았다
   어느 누구도 나의 지루한 부재를 확인하려 하지 않
았고
   나도 저 도시를 이루는 허상의 마천루들처럼 자꾸
흐려져만 간다
   나는 그렇게 강한 밀도와 진공의 공간 속으로
   사랑하는 그대들에게 보낼 아무런 빛도 뿜어줄 수
없는
   검은 구멍 같은 완고한 부재이다
   언젠가는 저 먼지에 묻힌 검은 도시들도
   기꺼이 폐허의 지층 속으로 묻혀갈 것이다
   비에 젖은 노출 콘크리트의 나뭇결 무늬처럼

나의 전체는 누군가를 기다린다

사람들은 거리에서 만나 반갑게 악수를 나누고 서로의 건강을 묻고 식구들의 안녕을 기원하고,

스무 살 초반의 여자가 여성 의류 광고 모델과 브라운관을 사이에 두고 동성연애중 이 사회를 비관하는 치밀한 유서를 남기고 텔레비전과 함께 자폭했다

하여, 세계가 병들어도 나는 너무 건강하다

가교 위에서 타오르는 어지러운 발자국들처럼

사람들은 두터운 기압골모양 우울한 내 백골을 밟고 간다

아무에게도 전화 오지 않은 이 아침

흔들리는 내 백골은 삼각자〔尺〕처럼 유쾌하다

장미의 계절

세월의 무상은 무섭구나 벗이여

저 오랜 지층의 환부를 엿보는 고행의 미루나무들은

오월이든가, 유월이든가의 폭염 속에서 저를 잎잎이 불지르며

폐허의 대지를 사른다 기억되어질 수 없는 어느 날

이미 육백만 년 전에 사라진 별을 바라보며 우리는

한 시대의 사랑을 맹세했었다

우주의 먼지 속으로 흩어진 장미꽃 피는 시절, 저 푸른 밤하늘에 홀로 흐르는 한 점 흐린 구름처럼

우리들의 사랑도 정처없을 뿐이었다 나는 아름다운 살인자다

이 형옥의 지상이 천국이라니 믿고 싶지 않을 뿐

극미의 세계를 본 자는 거시의 바다 한가운데 빠져 있음을 알게 될 것이다

어린 유년의 눈으로 처음 밤을 올려 바라보았을 때

공중에 뿌려진 별이 천길 낭떠러지처럼 무서울 때

벗이여 너는 다른 은하처럼 흐리다

그리고 너는 버려진 스물하나의 장미꽃잎처럼 불붙는다

나는 언제나 순간에 몸을 맡겨왔고 누가 저 별의
죽음을 다시 볼 것인가? 아직도 하늘만은 놀라운 신
화를 보여주고
　　그런 바람과 연애와 별은 내 전기의 일부이다
　　혁명이냐, 추억이냐, 모든 인류의 역사에서 가장 행
복했던 사나이
　　레닌을 생각한다 백백한 성냥갑 속 같은 숲들이
　　불의 연기로 사뿐히 날아간다
　　꽃이 핀다
　　내가 죽는다

속초항에서의 하루

온 바다는 하늘로 물들더라 급박한 '라'음이 비몽사
몽간의 어린 잠속을 헤집고 산과 바다 사이를 갈라놓
고 있었더라 그보다는 방금 별의 바다에 잠겨 반쯤
눈뜬 도시들이 내장을 발라낸 어류들마냥 허무하게
떠내려오고만 있었던 것이더라 아니더라 바다는 거
대한 해일로 솟구치고 저 해협의 마른 골짜기들이 드
러나기 시작했던 것이더라 이녁은 그 깊은 골짜기에
대가리를 묻고 하염없이 울고만 있었던 것 같은 안
좋은 기억이더라만 어미는 끝내 악담으로만 세월을
사신 거라 바다는 자꾸 마당을 넘어 부엌을 넘실거
렸던 거이 모양이 하나도 무섭지는 않았드랬는데 이
상하게 내는 폐허가 자꾸 서럽더라 별이 무진장 많이
그 설운 폐허에 백백이 내려앉았는데 늘 불던 바람조
차 그날은 억울하게 비어 있었더라 바다는 땅 위로
융기하여 울 것처럼 무너지며 일어서고 소리지르며
끝내는 울고 말더라 가난한 가재도구들이 징소리처럼
우울하게 주린 길들을 떠다녔고 아이들은 마냥 신이
나서 저 또래의 이름을 부르며 끼니를 잊어갔던 거라
단지 젖은 가마니로 덮은 창호지 문이 어두워 내는
울었더라 우는 아이의 등을 어미의 수세미 같은 손바

닥이 와서 쓸고 갔는데 가만히 보니 어미의 옥수수 수염 같은 머리칼에서는 푸른 잎이 피어나고 있었더라 지아비는 낯선 여자의 황폐한 젖무덤에 죽은 듯이 얼굴을 묻고 죽은 어부들이 고기 비늘로 뒤덮인 어판장에 즐비하게 누워 있었는데 그 삶의 길이는 가마니 한 장으로는 다 덮을 수 없어서 물에 불은 맨발이 삐죽이 바다를 향해 누워 있었더라 정말 별이 많았더라 바다는 그렇게 별 많은 밤하늘로 물들고 사람들의 눈물이 말라갈 즈음 어미는 더할 수 없이 무성해지셨더라 반쯤 물고기 밥이 된 아비의 주검을 아이가 외면하고 다시 '라'음이 바람에 날리는 물보라의 입자들 사이로 주저할 때 나는 저 고요한 수면 아래로 한없이 가라앉고 싶었던 거라 살인자처럼, 하염없이 참으로 너른 바다에 둥둥 떠다니는 저 붉은 부용꽃처럼 내는 울며불며 물동이 이고 장구치며 별의 바다로 잠겨가고만 있었더라

56억 7천만 년의 고독

21세기는 우리를, 마약과 동성애와 근친상간과 싸운
바보스러운 세대라고 기록할 것이다
聖과 俗과 천국과 지옥의 잠속에서
나는 그대를 추모하지 않는다
당신은 꽃과 비의 정원에서
무엇인가에 불리어가는 듯한 썰물의 흉한 가슴
더 이상 볼 수 없었지만
모든 죽음들에게, 입에서 항문까지
비로소 내장된 세상이 환하게 보인다
기껏 보살펴주었더니 몸이 나를 배반한다
바람에 담쟁이덩굴이 온 집을 흔들어놓고
당신은 안개꽃을 먹으세요
나는 장미꽃을 다 먹어치우지요
사람들은 지하철에서 내일 신문에 코를 박고
방금 자신들이 떠나온 세상의 풍경들을 읽어내며
간단없을 생을 수군거립니다
권태롭듯이 아버지가 실내 낚시터에서 돌아오지 않
고
형은 노래방에서 하루종일 살았습니다
寂寞江山——, 오늘은 비가 징벌의 연대기처럼 내려

萬花方暢의 정원에서 식구들은

내 머리에 자라 있는 무성한 숲을 보고 놀라

시퍼런 낫을 들고 쳤지마는요 나는 늘 시원했습니
다

나도 뜨겁거나 차지 않은 것들은 모두

내 입 밖으로 뱉아버리겠습니다

당신의 그 지루한 기다림만큼

아무것도 제시할 수 없는 이 위증의 세계에서

나도 그댈 겁나게 기다립니다

당신은 오래 꽃과 비의 정원에서 서계세요

나는 넘치는 술잔을 들고 삼독번뇌의 바람을 기다
리지요

엘리베이터——대화

　계획 경제는 어차피 관료주의적이 아닌가요? 지식
인이란, 단지, 새로운, 세계에 대한, 열렬하고도, 오히
려, 더, 진보적인 동의만을, 박수만 보내는, 예비 사단
같은, 혁명요? 에이, 지금도 혁명이란 말에 전율을 느
끼는 사람이 있을라구요. 혁명은 중산층의 적이에요.
가끔 그런 생각을 해봐요. 과정 같은 것이었다구, 먹고
살 만하니까 즐기고 싶대요? 허지만 가난했던 과거에
대한 거부감을 드러내놓고 표현하진 않아요. 완곡한
표현이라는 게 있잖아요 왜. 지금은 하는 일도 없는데
돈이 굴러들어와요. 그래도 신문의 스캔들이 껄끄럽진
않대요. 다 그런 거지요. 글쎄요, 우린 정말 어느 시인
의 말대로 혁명을 두려워하는 기성 세대가 다 됐군요.
작년에 아들놈이 미국에 갔는데 아예 들어오지 못 하
게 해야겠어요. 뭘 할 수 있겠어요 이 땅에서. 그래도
많이 나아졌어요. 어딜 가든, 체제엔 다소 부정적이지
만 경제적 성과에 대해선 아주 긍정적이거든요. 어떻
게 보면 도색된 정견이라고 할 수 있겠지요. 말하자면
친체제적인 성향을 숨기고 싶어하는 거지요. 위기 의
식이 사라져가고 있어요. 집단 최면에 걸려 뭘 잘못
보고 있는 게 아닐까요? 엘리베이터에 4층이 표시돼

있지 않은 것과 유사한, 어이없는 위로를 도처에서 발견할 수 있어요. 유용한 통치 수단이죠. 아주 주술적이죠. 나는 가끔 그런 세상이 우스워질 때가 있어요. 익명의 관성에 의해 움직이고 있는 것 같애 기분 나빠요. 요즘엔 그짓도 흥이 안 나요. 아내는 항상 불만이죠. 식욕은 의욕에 비례한다는데 밥맛도 없어요. 우리 아이들은 시들하고 지루한 일을 '밥맛'이라고 하데요. 딴은 그럴듯하다는 생각이에요. 이 풍요의 세대에 한 끼의 밥이 무슨 의미가 있겠어요? 자식들은 나를 경멸하죠. 아내는 나를 무능하다고 생각해요. 말로는 안 하지만 왜 모르겠어요. 우리 아버지 세대는 나라를 일제에 말아먹었지만 그래도 뻔뻔스러울 정도의 당당함이 있었던 것 같지 않아요? 매사가 밥맛이에요. 고딕 건물이 신과의 교접을 바라고 지어졌다면 현대의 마천루는 누구와의 간통을 바라고 있을까요? 내 정치적 견해는 대중 잡지의 표절이에요. 몇 층이죠? 나는 가끔 엘리베이터만 타면 떨어지고 있는 건지 내려가고 있는 건지 헷갈릴 때가 있어요. 혹시 누군가 내 아침밥에 날마다 소량의 수면제를 섞고 있는 게 아닐까요?

자꾸 졸려요.

모든 죽음은 바람의 모습으로
불어간다

신라 지증왕의 음경은 한 자 다섯 치

3000년 전의 이 언덕은 부용꽃 만발한 미륵의 정원이었으나

지금은 모래로 뒤덮인, 바람의 발자국 선명한 끝없는 사막

모든 죽음은 바람의 모습으로 불어가고 번성한 도시는

풍진에 실려간다 모헨조다로, 죽음의 언덕, 1억 장의 벽돌로 건설된

시간의 무덤

타림강의 흐름에 따라 타클라마칸의 流砂에 묻힌 루란이여,

어머니, 아들의 당사주는 끝없는 떠돎의 물소리같이

기어코 세존의 손가락을 잘라 목걸이를 하고 만 앙굴마라의 운명입니까? 무성한 가지에서 울고 가는 바람의 소리처럼

세기말은 흘러간 시간의 망령으로 가득차 있고 바람으로, 모든 복음을 쑥밭으로 만들고 말 겁니다요

내가 善이요 내가 惡이므로 내가 독이요 내가 약이므로

더러운, 이 신기루 같은 원죄의 전도자들──나는 예수의 열세번째 사도로 모든 죽음 속에서 너희들과 같이 불어가리라

영원한 잠속에서 다시는 꿈꾸지 못하도록 찰나에서 영겁으로

태양 광선에서 투사된 환한 이파리들의 눈부신 언저리에서

내 어금니를 뽑아 녹빛 못 속에 넣어 바로 용이 되어 하늘로 날아오르는 것으로 나를 증명하리라(모르핀에 중독된 것처럼 식욕이 왕성하다?)

어머니, 어머니의 젖은 독이었지요?

아무도 내 앞에서 젖과 꿀을

말하지 마세요──죽이겠습니다

흐린 강의 물고기

안식의 일곱째날, 봄내 효자동 어귀에서 민족주의의
세례받다

대홍수의 징벌의 날, 이상한 강신에 휩싸여 문학을
그 몸주로 하다

해풍에 시달리는 완강한 저항 속을 달리는 암초,
꽃, 바람, 고르지 못한 일기가 가난한 목선의 뱃전에
흐려지던 그리움과 고성방가의 항구 그 유년의 방파
제 위에서 내 간을 쪼던 갈매기들,

　　　　　파도에 무너지던 모래톱 사이로

　　　　　무너지던 허약한 관절

　　　　　덕장에 널린 명태의 벌린 입으로

　　　　　끊임없이 쌓이던 눈보라의 겨울과 그 겨
울을 기어온 모든 사람들이 얼른 봄옷을 입고 싶어할
때, 풋사랑의 우리는 헤어짐 그때 모든 사람들이 다
복된 예언의 징후들과 작별하고 복음, 자비, 희망, 이
런 단어들을 그들의 국어사전에서 지워버림. 눈물과
먼지에 뒤덮인 시험받음의 세월 속에서 사람들은 새
로운 약속의 첫 페이지를 넘겼습니다 사격장에서 연
이은 총성이 들렸습니다　이상하게도 나는 그때마다
어엄청난 빛 속에서 몸 가눌 수 없이 나른해져 하루
에도 몇 번씩 연안의 바다에 멱감곤 했습니다　껍질 벗

은 몸으로, 모욕받은 세월들을, 그 상흔들을, 말끔히
닦아내고 싶었던 것일까요? 소리가 닿지 않는 물 속
깊이 일몰의 물소리가 빠져나가고 있었습니다

　　　　아프리카 민족회의 지도자

　　　　넬슨 만델라를 지지하는

　　　　소웨토 청년들이

　　　　AK47 소총을 들고 섰다: 짧은 머리를 때
리고 가는 바람의 그해 겨울이 가고 만화방창의 춘삼
월과 모색의 여름철, 파랗게 질려버린 새하얀 갈매기
떼들의 울음 소리:

　　　　　　　　　　재난의 자음과──

　　　　　　　　　　환생의 모음들──, 여
자의 자궁 속에도 바다가 들어 있었다　바다의 속삭
임대로 나는 바닷바람 같은 여자를 사랑했는데 여자
의 박하사탕 같은 화함이 갓 따올린 전복 같다고, 물
고기를 낳아줄래? 생각했다 여자의 물풀 같은 머리칼
에서는 해초의 신선함이 풋풋해 나는 여자의 머리칼
을 다 먹어치웠다

　　강과 바다 바다와 강은 민물과 소금물의 경계 없이
복음과 심판 사이를 끊임없이 넘나들고 있었다

강의 질 속에 사정하면 강은 나를 닮은 물고기 하
나 낳아줄까?

　피난의 통로를 벌거벗고 달린 몽정의 새벽, 죽어버
리고 싶은 불결함. 모두를 속이고 나도 속다. 몸살의
계절,

　　　　　　　　상식에 변란이 오고
　　　　　　　　발정난 짐승처럼 좌충
우돌의 어느 한때를 보내버리다. 그 해일이 내 공허한
가슴으로 넘어오고 있었다. 시몬느 베이유: 1943년 왕
　　　성한 저작 활동중
　　　건강이 악화되어 런던 미들섹스
　　　병원에 입원하였으나 스스로
　　　영양 섭취를 거부

　8월 24일 34세의 나이로 사망: 잠결에 송림이
딴 세상으로 날려가고 다시 꿈을 꾸면 생시의 폭풍주
의보가 꿈속을 덮쳤다 내 가슴을 천 근씩 만 근씩 내
려앉히곤 하던 너무 오랜 비애의 바다 그 거대한 해
일 속에서 나는 산산이 부서지고 싶었다

　투명한 뙤약볕 속 여름의 호박꽃잎처럼 접근 금지
의 푯말 위에 새긴, 내 젊음의 붉은 글씨와 함께

대 국

第20416號

朝鮮日報 西紀 1987年 8月 12日 木曜日

제12기 棋王戰 白九段 尹奇鉉

黑三段 劉昌赫

第3譜(42〜64)＝42가 느슨했다는 曹薰鉉棋王의 평

(1도) 백 1, 3으로 밀고 5로 삭감해가는 것이 간명했다. 43이 요소. 우변을 키우며 상변에 좋은 뒷맛을 남겼다. 47부터 56까지 쌍방 교묘한 기예를 보여준다. 48이 맥점이라면 51도 이에 상응하는 맥점. 57이 졸렬했다고 劉三단은 깊이 반성했다. 57은 백 '가'를 예상하고 그때 흑 '나'로 끊어 넘어가버리려는 흔한 수법이지만 尹九단의 58이 날카롭게 의표를 찌른다.

너무 예리하다──조훈현 9단의 착점 손맵시는 필살의 쾌도처럼 일관되게

기능적이다 그는 늘 장미 담배를 즐긴다

그가 희고 긴 손가락으로 장미 담배를 꺼내물 때마다

나는 목이 서늘하다 기타니와의 대국에서 흑으로 제 일착을 天元에 두고 이후 흉내바둑으

로 일관하다

　지고 만 오청원의 파격을 나는 좋아한다

　大馬不死, 우리들의 생도 초읽기에 몰린 한
수처럼 대책 없이 흔들리고 있는 풍전등화의

　그러나 꺼질 수 없는 모형의 세계인걸

　노래방에서 감전사당한 불운한 사내는 무슨
노래를 부르려 했을까?

　가스 파이프를 물고 죽은 川端康成의 이빨에
대해 생각한다

　죽음이란 이빨로는 끊어지지 않는

　생의 질긴 탯줄인가보다

　서봉수는 저 일점을 정말 완벽하게 반성할 수 있을
까? 전대고수의 환생이라는 이창호의 그 지루한 기다
림을 복기한다　大賢大愚 나는 아직 멀었다　그 멀고
넓으로 나는 한 수 앞을 가리는 생의 흐린 시계를 아
예 눈감아버린다 어차피 생은 개연성이 없는 무대이
니까 패착, 패착,──우리의 암수는 왜 이리 느긋한 것
인지　햇빛 가득한 반상에서 끝없이 흔들리고 있는
백 47의 고독에 대해 생각한다　어머니는 왜 탯줄을

잘랐을까? 57이 졸렬했다고 劉三단은 깊이 반성했다
왜, 무엇을, 반성한다고, 쓴다

타자기

눌러만 주세요 원하는 모든 것을 뱉아내겠어요
사랑과 애증과 욕망의 대화? 좋아요
동성연애와 매저키즘에 대하여? 좋아요
신식민주의와 매음의 비밀한 간통을? 죠와요
아 아, 뭐든지 죠아요 나는 다 불겠어요 조사하면
다아 나오는 거, 시치미떼면 뭐하겠어요
　나는 눌러만 주면 뭐든지 뱉아내요 그저 당신들은
손가락 끝에 약간의 하중을 실어 내 그것(그것 말
이에요, 아이, 참. 간지러워)만 눌러주면 돼요
　아주 쉽잖아요 노벨문학상을 탈 만한(당신들은 노
벨상이라면 그냥 환장하잖아요) 기가 막힌 조서를
　꾸며보세요——네. 1987년과 1988년을 잇는 겨울
　그래요, 나는 그때 하이테크니컬한 은행 건물이 바
라보이는
　구 서울고등학교 운동장에 있었어요
　전기가 끊어져 악다구니써야 했어요 짜아식들, 전기
를 더 쓰고 싶으면 INSERT COIN 하래잖아요 치사
하게
　횃불 일렁일 때
　말 말했잖아요
　나는 절대 시키지 않는 말은 하지 않는 성미죠 다

뱉아내겠어요 불으라구요? 불죠

　울고 있었던 공순이 말이에요?

　그 문학적 천재? 있었어요

　잊었어요. 여자는 순결을 적당히 이용할 줄 알아야
하고 남자는 신의와 이해의 등가교환을 철저히 계산
해야 한다고 하잖아요?

　일장춘몽이었고

　개가 돼지 되는 꿈을 꾼, 개꿈인지 돼지가 개 되는
꿈을 꾼, 돼지꿈인지

　지금은 생각도 잘 안 나요

　먹떠가 다 됐나봐요

　당신 테크닉이 엉망이야 에이,

　?를 칠 땐 맹신을 전제로

　!를 칠 땐 광신을 전제로

　,를 칠 땐 사기성을 농후하게

　.를 칠 땐 정말 세상 끝장낼 듯이

　　　　　정말?

　　　　　　세상,

　　　　　　　　끝장!

　　　　　　　　　널 듯이.

새벽 짜장면집
—가제리 자비의 침묵 수도원 계획안,
이일훈, 1991년作

창녀의 보람을 아느냐, 고,
어느 건축가가 나에게 물었다
나는 모른다고 했다
그는 눈 내린 포도밭을 가리키며 웃었다
나도 웃었다 새벽, 여관비가 없는 나와 영숙이는
벽치기를 했다 영숙이의 빤스로 정액을 닦고
두 손 꼭 잡고 먹던 자비의 새벽 짜장면
유년의 폭설이 가제리 산 70번지로 영숙이 검은 머
리 위로 쌓이고
숙아 숙아, 너 꼭 망부석 같으다 신월동 새벽 짜장
면집을 나오며
영숙이와 나는 성당에 가서 무릎 꿇고 빌었다
마리아님, 임신 안 되게 도와주소서 수도원엔 나무
한 그루 서 있었다
하얀 석회 가루로 세례를 받은 떳떳한 모형 나무가
영숙이 알치마처럼 휘날리던 가제리
검은 추억의 면발에 붉은 고춧가루 듬뿍 뿌린
짜장면뿐만 아니라 우동과 짜장밥까지 있던 신월동
근처
영숙이의 입술에서도 맛볼 수 있던 매운 양파 냄새

빛과 어둠이 개벽하던 모형의 세계에서
다시 나는 새로운 우주를 건축중이다
여관비 없어 어두운 골목 조립식 담 밑에서 영숙이
와
짜장면 먹고 한 탕 더 뛰던
눈 덮인 裸木, 자비의 새벽 짜장면집

〈학술원 회원 여러분께 드리는
그 섬〔島〕에 관한 보고서〉

울릉도와 독도 사이에 섬이 있다 마약과 섹스와
폭력의 섬 좆도(島) 아무도 그 자본주의의 섬에서
탈출을 꿈꾸지 않고 아무도 그 자유의 구속력 앞에서
자유롭지 못하리

放聲大哭의 해식애를 할퀴며 자학의 한 시대가 갔
다 열광과 발작의 마녀 사냥이 그 동굴의 불기둥으로
치솟을 때 "이 섬을 지배하는 유일한 이데올로기는
오르가즘이다"라고 절망한 마르크시스트는 울부짖었
다 사람들이 그를 안면 방해죄로 고소했고 통행료가
없는 꼴린 대로(大路)는 오늘도 불통이다 섬과 섬 사
이에 콘크리트 다리가 있다 사람과 사람 사이에 와
닿는 무스탕 잠바의 확장된 피부
　키릴로프는 과연 신 앞에서의 자유로움을 입증하기
위해 자신의 머리에 총을 쏘아야만 했나?
　세상이여, 화해하자
　우리 野合하자
　저 침식의 날들, 먼지의 무거움을 아무도 상상하지
못할 것이다
　여러분은 왜, 여러분의 미래를 믿지 않는지요, 자,

그 욕망의 가루를 어서어서 흡입하세요: 마비의 흰
언덕 그녀의 봉긋한 젖가슴 위로 한 젊은 사내가 죽
어갔을 뿐: 일시에 무너질 마천루들 속에서 아무도
위험스럽지 않았다

이 떡을 광야의 사십억 인류와 나누고 싶다

어린 예수여, 그들이 너를 무어라 부르더냐?

그냥…… 저, 시험관의 세계

거울 속에는 항상 벌거버슨 나를 관찰하는 벌거버
슨 내가 있다 머리에는 큰 뿔이 나고 굽이 달린 네
발로 버티고 선 감출 수 없는 본성——오늘 할 일을
내일로 미루자

나는 사내들이 몽정한 신새벽의 정액을 받아 스스
로 수태하는 마녀 드룩의 아들

나는 개관의 천재다

이태원에 춤추러 갔드라니

미군 병사 내 손모글 잡고

놓아주질 않더이다——생은 험로라 하오

부디 그대 발자국 따라 해골의 곳에 이를 수 있길

*키릴로프는 과연 신 앞에서의 자신의 자유로움을 입증하기 위해
  자기의 머리에 권총을 쏘아야 했는가? 여기에 이성주의의 파산이
  있다——김용옥, 「기철학 산조」중에서.

송장메뚜기

인류의 역사는 이제 겨우 삼백만 년

흐르는 늪, 생은 깊은 밤 천둥과 번개로 가는 실핏
줄처럼 깊어간다

쇠못에 녹슨 목선들이 삶의 운명이 깔린 점액질의
바다를 표류한다 살아 있다는 것은 정말 얼마만한 잔
인함을 강요받는 것인가

암각화와 모래와 먼지의 줄무늬로, 모든 폐허의 도
시에서 불어오는 바람이여

남김없이 병든 육신이여

아이가 자판기의 배출구를 열고 자기의 오줌을 밀
어넣는다

인류가 모독받듯이 머시너리도 모욕당한다

먼지 낀 고기를 씹으며

음복의 첫 술잔처럼 한없이 쓴 당신의 생이

나를 어느 바닷가 해변의 바위틈 사이로 방치해둘
때

해파리 같은 내 정신의 흐린 구름은 더없이 고독해
라

송장메뚜기처럼

죽음을 끌며 점자로 읽어가는,

부패를 사보타주하는 아이스박스 같은 나의 삶
오장이 썩는 냄새가 한술 뜬 밥숟가락에 게워지고
자꾸 눈물이 선홍색으로 번지지만
나는 해저의 파랑 지도로 협곡의 물결을 타고 눕는
다
태양이 나를 치유하고
바람이 나를 살릴 것이다

별은 타오른다

당신과 나의 주홍교

우리 주홍교를 건너요
강남 고속버스터미널을 지나
조금만 더 비탈길을 따라가면 거기
작은 우리들의 주홍교가 있지요
우리 아주 게으른 걸음으로
지나온 생들과 그 전생을 이야기하며
버즘나무 우거진 주홍교를 건너요
나의 생이란 당신의
기억나지 않는 악몽이었나봐요
봐요, 햇빛에 반사된 자동차 유리창이
마치 갈대 구멍으로 쏟아지는 가는 햇발 같잖아요
흔들리고 있는 것은 이파린가요
바람인가요,
흔들리는 우리 마음
어느덧 그 주홍교 다 건너와서
태산 같은 먼지 툭툭 털고
길상수로 누웠습니다
흰 코끼리 다리 같은 난간을 통해
바람이 주홍교 위를 지나가고
아아 그 주홍교에 남기고 온 우리 발자국
빛 가득한 완자문보다 눈부십니다

동해 용왕님 날 키우시고 한계령 산신님 날
거두셨네 준령의 적송 지대를 흔들고 가시
는 무형의 바람님 내게 주신 한울 말씀 나
잊지 않았지 짐 될 것 없는 행장 꾸려 이제
나서니 명사십리 해당화야 나 간다고 설워
마라

한계령,

　다섯 손가락 좌악 펴——잘 가거라,
　다시는 돌아오지 않으리 눈물 머금으며 몇백 굽이
돌고 도는 이 길 한계령 산봉우리에서 대화엄의 바다
로 흘러내리던

　깊은 고뇌의 기압골을 타고 구만리 장천을 날아가
는 비구름아
　丈夫恨 간직한 채 흉흉한 바람 속으로 떠난
　갈깃머리 함경도 사나이를 보았는가
　울울창창 굶주린 맹수의 울음 소리 들었는가
　동방청제 신장님 내 앞길 여시고

서방백제 신장님 내 발자국 지우시고
남장적제 신장님 헛것들 물리치시어
북방흑제 신장님 내 칼에 내리소서
앞이 안 보이던 눈보라의 겨울 꽃멀미 나도록 흐드
러지던 봄
어느 여름날에 불렀던 회의의 노래와 청명한 가을
날의 시
꺾이며 던져지던 젊은 꽃, 잎들의 어여쁜 주검에 내
리소서
사해팔방 용왕님은
인제 합강 제비여울을 다스리시고
환웅천왕의 치우장수는 만고의 강용지조로
한세상 능히 개벽할 수 있어
한계령아 한계령아, 내 억장 가슴 무너진 흉부 위로
새 살이 돋는구나
거대한 바람아 내 살이 에인다
동해 신령한 바람아, 한계령 정상에 단군성조 내리
신다
풍백·운사·우사──칠성검 뽑아들고
내 가는 등짝 후려치시는구나

다섯 손가락 좌악 펴──잘 가거라,
다시는 돌아오지 않으리.

무산네야
——어머님 눈물에 드립니다

네야 내야 무산네야
댐집 색시 무산네야
시퍼런 두만강 물 조요한 수면 위에
백두산 흰 그림자 네가 이끌어다놓았나
길주 명천 지구 두루산, 만탑산, 관두봉, 관모봉
삼수 갑산 갈지라도 무산네야,
그 강변으로 너 돌아갈래
두근거리는 작은 가슴에 가득 꺾은 꽃다발로
북풍에 흩어지는 붉은 꽃잎들
기름진 흑마의 갈기를 채
한만 국경을 넘어간 창백한 공산주의자는
네가 부르던 그 노래는, 그자의 혁명가였나
끓는 냄비에 뜯어 국 같은 가난을 빠뜨리며
배신한 사랑에 치를 떠는 순결한 처녀
언 눈 맨발에 파고들던 악담의 세월
어둔 바느질에 조으는 저승꽃 핀 손등 위로
범람하는 두만강변
바람에 눈감아버리는

네야 내야, 무산네야,

누가 이시애르 죽이려고
목구멍 속에 화살으 꽂았니

활이 내주고 간 구멍

나는 시위를 당겨 활을 쏘았다 쏜살같은 세월이 나
를 지나갔다 쏜 살과 내가 멀어지면 멀어질수록 그
나라는 나에게로 임하지 않았다 날아가는 화살은 자
기를 혐오하며 학대받으면 받을수록 더 멀리 날아갔
다 그리고 화살이 나를 완전히 벗어났을 때 내가 끝
없는 고독 속으로 쏘아올려졌을 때 지구를 한바퀴 순
회한 화살이 빛보다 빠르게 내 심장에 와 꽂혔다 창
호지에 이름을 적어 밥을 싸 빌며 던지던 바다가 그
안에 있었다

바다──, 그 깊은 벽

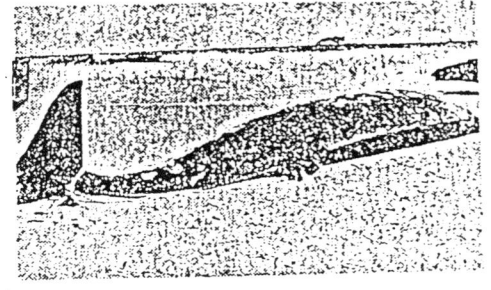

海邊서 숨진 돌고래 2일 새벽 5시경 江原도 高城군 土城면 鳳浦리 앞 백사장에서 길이 4.7m, 무게 1t 가량 돌고래 1마리가 죽은 채로 발견됐다. 초병들이 발견한 이 돌고래는 먹이를 찾아 해안 가까이 들어왔다가 숨진 것으로 보인다. 〈江陵 聯合〉

문득 바다가 보고 싶었다/까마득히 기 올리고/떠나던 배 뒷전에서/갈라치는 물살이 그리웠다/방풍림 사이로 넘실대던 유년의 바다/눈만 감으면 나는/그 바다로 헤엄쳐가는/꿈을 꾸곤 했다/가끔 밤바다에 밥을 던지며/재배 삼배 읍하고 돌아오는 길/어둠보다 더 넓게 가지친/성황

당 느티나무 뒤에서/언뜻 언뜻 나는/허깨비의
환영에 잘도 놀렸다/묶인 뱃전에 찰싹대는 물
결이/미치도록 신경 거슬렸던/사춘기의 바다/
수없이 많은 돌팔매가/수면을 박차올라/새가
되어 날아갔다/이끼긴 목선들이 하나·둘 돌아
오면/어판장에 들끓던 비명 같은/갈매기떼의
흰 울음/붉은 꽃들이 부서져내리고 있었다

그곳이 어디든
나는 늘 그대 시선 머무는 곳에 서 있고 싶었다——
아주 고른 해류의 호흡 위로 영세한 저인망 어선이
붉은 유등들처럼 멀어져가고 환난의 새벽 어둔 빛 너
머로 주춤주춤 잠귀 밝은 사람들이 이부자릴 털고 일
어났습니다 교회당 확성기에서 모조된 종소리가 초
겨울 찬공기와 섞여 지루하게 계속됐습니다만 바다는
한 뼘 두 뼘 곁에서 자꾸 깊어가고 흐린 하늘에 불투
명한 시야는 불 켜진 창호들처럼 어리둥절했습니다
그런 한때의 바다는 사람들을 잠재우고 푸르러갔습니
다 당신들의 새로운 약속은 산산조각이 되어 돌아왔
습니다 바닷가 모래사장에는 숨눌린 태아의 시신들

이 파도에 밀려 육지로 상륙하고 꿈속 수평선을 넘어
온 새가 눈부시게 흰 등대 위를 사방팔방 맴돌고 있
었습니다 아무도 용이 물고 죽은 깃발에 놀라 스스
로 목숨을 끊은 자는 없었습니다 하릴없이 나날들이
가고 눈 내리는 바다는 더할 나위없이 아름다웠지만
사람들은 해저의 골짜기로 갈퀴를 내려 말법의 징후
를 들으려 했습니다 수면 위를 날고 있는 상처입은
갈매기의 탐색과 같이 작은 배가 넘어간 그 바다에서
불끈 해가 솟고 송림 사이 부는 바람이 왜 빈 마음속
에서 오래 공명하고 있었을까요 눈이 모자란 백사장
에 누워 흘리던 쉰내 나는 웃음, 쾌자 자락에 덮여 어
두워져가던 그 낯선 바다——나는 바다에 던져진 밥풀
처럼 둥둥 떠다니고 있었지요(파도 소리가 내 귓속으
로 넘쳐흘러요)

가족, 닐리리 맘보

기쁜 소식입니다 당신은 슬픈 운명을 가졌구만요
남편복 자식복은 기대하지 마시구요
부모 일찍 헤어져 초년운도 없으니 말년운도 아예
마음속에 접어두시구요, 가슴에 꽃을 다세요
흰 꽃을, 생리중에는 붉은 꽃을
그리고 춤을 춰요, 닐리리 맘보
(아버지, 아버지도 양심이 있으세요 어머니를 저렇
게, 누이가 말했다)
(아버지가 도대체 우리에게 뭘 해주셨나요, 형이 말
했다)
(가, 다 가!) 큰형이 석유를 집 주위에 뿌리고 성냥
을 그었다
닐리리 맘보, 삽시간에 조립식 농촌 주택이 밤하늘
로
치솟아 타오르고 어린 조카가 UFO를 본 것처럼 소
리질렀다
아버지가 심한 배신감에 떨고 있는 모습을
나는 늘 강한 태풍이 불고 있는 금성을 견디며 지
켜보았다
인천 옥련동에 내가 죽인 소나무들의 비명을 생각

했다

　달이 떠오르면 무엇하겠어요

　학익동 창녀들이 너도 시인이냐? 개새끼, 하지요

　어머니는 범람하는 두만강물을 배불리 드시고

　매형은 산속으로, 나는 금성으로 도망쳤다

　닐리리 맘보, 팔레스타인은 결코 아이를 버리지 않

는데요

　(아이는 장래의 투사이기 때문에……)

　아버지 왜, 우리를 버리셨나요

　엄마, 나물 캐서 국 끓여줘

　형이 나를 짓밟고 때렸다

꽃과 밥

어머니는 신성일을 보러 극장에 가시고 아버지는
내 유년이 다가도록 돌아오시지 않았다 꽃이 피지
않는 감나무가 드리운 흰 그늘 그 아래에서는 다알리
아가 장차의 불운처럼 잠들어 있었다 포도나무가 내
얼굴을 타고 별이 내린 지붕 위로 뻗어 앞마당은 심
히 울창해 아이들이 붉은 숲 박태기나무 사이로 뛰어
다니고 나는 누나를 사랑했다 아카시아밥이 온 동네
를 피어 밝혀놓았을 적에 나는 터럭이 없는 누나의
순결한 음부를 만졌다 바람이 불면 강물 같은 하늘로
노란 꽃들이 졌다 누나의 첫 애인을 죽인 칼로 내 성
기를 자르고 싶어 치를 떨던 방, 밤이면 아이들은 어
두운 숲에서 낄낄거리며 변성기의 목소리를 당혹스러
워했고 나는 만신네 외동따님의 대담한 어린 입술을
받아들였다 어린 폐부로 깊은 초혼의 향내가 몸살의
추위처럼 번져왔다 한 마을이 인공의 지층 속으로 사
라져가고 생매장당한 내 유년의 비명 소리가 갈매기
울음처럼 떠돌기만 했던, 도시 계획 확인원상의 지적
도에서도 사라진 어린 추억의 마당들 사랑은 지옥처
럼 더러운 힘이더라 염불 소리가 새벽의 잠속으로 꿈
꾸러 들어오고 반야바라밀, 태몽중에서 헐떡이던

아버지의 숨소리 먼 산 정상으로부터 내 여린 목살
까지 차오르던 비구름의 파고를 이제 기억한다 젊은
여배우가 울면서 뭐라고 뭐라고 말하자 방파제 사이
를 빠져나가는 건져지지 못한 영혼들의 바다 나는 떠
돌이 범고래같이 정처없었다

시여, 트림을 하자

흙에 비하면 나의 문학까지도
범죄에 속한다   ——김수영

저 바퀴의 무거움——, 너의 절망에 공감한다 그대를
배신한 건 그대가 그렇게 못내 의심하며 한세상 견딘
저 형벌의 지상이 아니었다 차마 내가 그대를 버렸구
나 봄내 1981년 겨울 주검처럼 굽어가던 흐린 포장
마차 카바이드 불빛에 흔들리며 나는 수없이 벗들을
사지로 굴리고 적들에 대해 일말의 저항도 없이 무릎
꿇었다 沫血의 맹세를 가장 먼저 저버렸다 용서하
라, 그 추위와 너무 아름다운 백색 눈꽃들이 나에게
배반을 종용했다

그해 겨울 혁명에 실패한 남자는 시를 짓고 사랑에
절망한 여자는 결혼을 했다 그러나 감옥 같은 청춘의
열쇠를 걸어둔 나무 결빙의 강을 헤엄치는 도저히 순
류할 수 없는 눈부신 겨울 비늘의 물고기들도 대책
없는 세월들처럼 그대 온몸을 할퀴어가기만 했을 뿐
그대를 배신한 건 언제나 가늘고 길게 살아 부귀영화
의 세상을 탐하던 나였다 하여 차라리 시여, 트림을
하자——나는 죽어도 시를 위한 순교는 못 하겠다 見

者라고? 개 같은 놈들, 누가 이 척박한 땅 위에 시의
보습을 꽂고 자신을 쳐나아갈 수 있겠는가 이를테면
시인은 시를 배반하게 마련이고 혁명은 늘 민중을 배
반한다 양아치처럼, 신파와 같이, 오죽했으면 나의
눈물도 나를 배신했겠니? 나는 자살할 수 없는 유다
다 40데나리온에 後腸을 내어주는 아름다운 동성애
──나는 개체의 운명만을 받아들이겠다 인간은 고통
받기 위해 태어났다, 라고 쓴 어느 역도 선수의 자학
적인 생의 무게를 본다 나는 나의 배신에 치를 떤다
모르게, 내가 너의 복부에 단도를 넣었다 잘 가거라
오죽했으면 나의 눈물도 나를 배신했겠니?

경조 전보 약호 문례

3131 도삼하 아기의 첫 돌을 축하하며, 영특하고 튼튼하게 자라길 빈다

6110 이 일 영광스러운 입학을 축하합니다

3350 새 오 멀리서 생일을 축하하오며, 함께 즐기지 못하여 서운합니다

6111 이일하 기쁘다. 영예의 입학, 앞날의 성공을 빈다

6631 고삼하 기쁜 소식 반갑다 앞날의 행운을 빈다

6310 졸 일 졸업을 축하합니다

6010 합 일 영광된 합격을 축하하오며, 행운과 건투를 빕니다

5131 구삼하 입대를 축하하며, 건투와 무운을 빈다

5141 구사하 전역을 축하하며, 앞날에 행운이 있기를 바란다

6361 졸육하 학위받음을 진심으로 축하한다

5041 지사하 취직을 축하한다 창조의 역군이 되어라

7151 혼오하 멀리서 화촉성전을 축하하오며, 두 사람의 앞날에 행복이 있기를 빕니다

5240 승 사 승진을 축하하오며, 모든 일 뜻대로 되

시길 빕니다

5340 영 사 영전을 축하하오며 더 큰 발전 있으시
길 빕니다

7220 기 둘 두 분의 결혼 기념일을 축하드리며 주
님의 은총이 함께하시길 빕니다

3310 새 일 생신을 축하하오며 만수무강을 빕니다

5410 토 일 그 동안의 업적을 기리며 앞날의 행운
을 빕니다

3410 회 일 기쁘신 수연에 참석하지 못함을 사과
하오며 멀리서 축배를 드립니다

8010 무 일 놀라운 소식 듣고 아무쪼록 하나님의
가호가 계시길 빕니다

8610 조 일 고인의 명복을 비오며,
장례식에 참석하지 못함을
사죄합니다

제주도는 어땠어?
·········
그냥, 떠 있어

배 웅

비 내리는 소리 듣는다
칠흑 같은 어둠
보이지 않는 빗속을 걸어
여분의 우산 하나 더 들고
장대비 맞고 기다리시는 어머니
이런 다 젖었구나
괜찮아요   어머니 왜 나와계세요
한사코 저녁을 차리신다
어머니 당신의 사랑은
가족 이기주의에 다름아니예요
감당할 수 없는 당신의 헌신
집은 나를 압박붕대처럼
친친 감아놔요
덥지 않아요
부채질은 그만하시고
어서 어서 주무세요, 남처럼
잎사귀에 비 떨어지는 소리
들리다가 멀어진다
떠나가느냐
이제 언제 오니?

바람에 실어
소식 전하지요
들어가세요
드러가아
어머니는
오래도록
손 흔들고 계셨다
바람에 흔들려

流 民

고단한 어머니여
생시에 환난 벗어던지지 못하고
세상 시름과 함께 잠드셨구나
낮은 코고는 소리와
가끔 뒤척이는 이불깃에 꿰인
기구한 사주팔자
너무 까맣게 물들인 머리칼과
또 자라나오는 흰 머리가
눈물 배인 베갯잇에 파묻혀
끝내 선잠으로만
또 눈뜨시는구나
아들아 왜 안 자고만 있느냐?

(어머님, 세상 바람 소리에
잠 못 들겠어요)

어느 파리의 슬픈 죽음에 관한 보고서

생각해보면 모두 다 파리 목숨인 거야. 하나에서부터 열까지 나는 거짓말은 안 해. 모르지. 혹시 나의 이런 장담을 거짓말이라고 생각하는 정직한 사람과 똑같은 생각을 가지고 있는 거짓말쟁이가 있을지. 그건 나도 모르는 일이야, 뭘 알 수 있겠어 우리가. 그러니까 알 수 없는 거지. 알 수 없다는 것이겠지. 세상은 알 수 없는 위험으로 가득차 있어. 눈감으면 코 베어간다는 세상은 전세계적으로 그 영역을 확대 심화시켜가고 있는 중인 걸로 알고 있어. 위험한 세상이지. 해피 버스데이 투 유——생각해보면 철없는 짓이지. 고해에 빠진 날이야. 욕망이란 소금기로 이루어진 바다에 온몸을 적신 날이라구. 즐거울 거 없잖아? 오히려 억울하고 분해해야지. 하늘을 날아본 적 있어? 이렇게 말이야. 좀 방정맞지만, 나는 세상을 평면으로 보는 버릇이 있어. 눈에 상이 너무 여러 개 맺혀 어지러울 때도 있지만 까짓거 견딜 만해. 내 날개 좀 봐. 하늘을 제압하기엔 어울리지 않지. 내 몸뚱어리에 붙은 다리 좀 봐. 지상을 활보하기에도 부적당한 다리야. 전능하시다는 상제님은 왜 우리들에게 이런 쓸모없는 몸을 주셨는지, 가끔 야속하기도 해. 하지만 이건 운명이야.

필시 장난스러운…… 나는 오래 날지 못해. 이건 또 하나의 비애지. 그래도 아무것도 하지 않는 파리보다 걷는 파리가 안전하고 걷는 파리보다는 날고 있는 파리가 훨씬 더 안전하지. 죽음의 터널 속을 비행할 줄 아는 파리만이 살아 남을 수 있는 거야. 두꺼비에게 먹힐 이유는 없어. 나는 집파리야. 파리채와 노오란 약을 탄 미끼, 그리고 공중에 매달린 끈끈이와 가끔 거미라는 다족류가 이룩한 사슬로 엮어진 집, 그 사슬의 그네줄만 조심하면 그럭저럭 제 명대로 살다가 죽을 수 있다고 믿지. 나는 인간들과 화평하게 지내고 싶어. 허지만 인간과 우리는 일방적인 관계야. 사실 고백하기 주저되지만 우리는 인간의 존재에 대해 무지한 상태야. 인간이 벼락맞아 죽듯 혹은 급살하듯 혹은 이유 없이, 이유 없다는 말이 좀 이상스럽게 들리기는 하겠지만 자연사하듯, 우리는 인간의 파리채나 약 탄밥을 먹고 죽는 거야. 아무 이유 없이──. 우리 어머니도 그렇게 자연사하셨어. 말하자면 우리들 운명의 보이지 않는 주재자는 바로 당신들 인간에 해당하지. 알 수 없는 존재거든? 그러면서도 우리는 인간의 몸에 붙어 체액을 빨아먹지. 그게 인간의 몸이란 걸,

우리를 자연사하게 하는 신의 몸이란 걸 전혀, 눈치채지 못한 채 정신없이 탐닉하다 자연사, 즉 맞아죽는 거지. 우리들의 움직임을 자세히 관찰해본 적이 있는 사람이면 다 알 거야. 필름을 고속으로 돌린 것처럼 움직임의 어느 순간들이 눈에 안 보일 정도로 빠르다는 것을. 마찬가지야. 인간에 있어 순간은 우리에게 있어 인간들의 영원(그런 게 있는지 모르겠지만,)과 맞먹는 시간이지. 태초의 아기 우주에서부터 말법의 끄트머리인 지금 이 순간까지를 인간의 한 해인 일년으로 압축해보잔 말이지. 그러면 지금부터 육 일 전인 크리스마스날 공룡이 나타났다 사라지고, 지금부터 오분 전에 사람들은 농사 짓는 법을 알게 되지. 불과 일분 전인 당신이 나의 고백에 귀기울이기 시작한 그때, 송화강과 요하 유역으로부터 한반도에 이르는 독자적인 청동기 문화가 이루어졌고 당신이 '독'자를 읽고 '자'자를 읽으려던 그때, 이성계가 쿠데타를 일으키고, 질곡의 한국 현대사가 군부 독재와 신식민지 부동산 자본주의로 귀착되고 마는 지금이지. 시간의 상대성이란 바로 우리들 옆에 우리가 느끼지 못하는 전혀 새로운 딴 세계가 실재하고 있다는 말이지. 배부른 파리와 굶주린 파리의 세계는 각각이야. 어느 한쪽에서 다른 한쪽을 이해하는 정도란 고작 다른 손목들에 차인 똑같이 시계라고 이름 불리는 기계적 시간들의 오차일 뿐이지. 기계의 시간——세계가 다르니 그 시간도 다를 수밖에. 개미의 시간과 인간의 시간이 똑같을 것 같애? 인간의 시간과 신의 시간 역시 달라. 이 우주의 역사는 신들의 하룻밤 꿈이 아닐까 그러나 파리의 시간은 파리만의 것이야. 그 어떤 종류의 생물도 파리의 시간을 대신 살 수 없어. 신조차도. 그러니까 생명은 모두 고독한 거야. 운명이지. 아니, 자연사야. 나는 가끔 자연사한 파리들의 이름을 무슨 별자리 외우듯 그려보곤 해. 쇠파리똥파리날파리개파리껌파리주먹파리돌파리 등등…… 모두 파리 목숨들이지. 살해자에게 최소한의 죄의식조차 일으키지 못하는 죽음들 아니겠어?

　나는 끈끈이에 붙어 죽은 동족들의 시체를 본 적이 있어. 아주 자연스러운 자연사를. 죽음은 잔치야. 앞서 고백했다시피 우리는 인간의 존재를 알지 못해. 그런 나에게 인간들이 가끔 말하는 기적이라는 것이 일어

낳어. 신의 현시였지. 그리고 지금부터 나의 얘기에 더욱 귀기울여주기 바래. 그러니까 인간의 시간으로 이틀 전쯤이었어. 그날도 나는 이 직육면체의 공간을 나름대로 활공하고 있었지. 한여름이라 못내 잠을 청하려던 인간은 뜻하지 않은 나의 방문(방문이랄 것도 없이 늘 같이 살고 있었지만)이 꽤나 거슬렸던 모양이야. 마침 그 집에는 파리채가 없다는 걸 내 익히 알고 있었는데, 워낙(저주스러운 내 방정맞음!) 신경을 건드려놨더니 보다 던져놓은 신문을 찾아 그놈을 말아쥐고 나를 잡으려 하더군. 한마디로 때려잡겠다는 거였어. 나는 담박에 의기소침해져서 라디오 뒤에 몸을 숨기고 본능적으로, 다가올 어떤 위험의 긴장된 전조를 감지해냈어. 아 거기서 나는 수많은 동족, 이족들의 자연사를 볼 수 있었어. 이유도 없이 마구 죽어나가더군. 나 아닌 다른 파리들——파리들이 제일 많이 죽었어. 하루살이——가엾은 하루살이. 돈벌레——평소에는 돈복이 있는 놈이라 잘 죽지 않았는데 그날은 사정이 달랐어. 바퀴벌레——가장 깊이 숨어 있던 놈인데 재수가 없었지. 모기들——덤이었어. 지네까지——그 많은 다리를 꿈틀대며 죽는데 무슨 복수의 맹세 같앉어. 그리고 운명의 쇠창살 안으로 날아든 한 마리 나방. 보이지 않는 힘은 가차없이 나방을 향해 날아갔어. 그러나 나방은 마치 그 보이지 않는 손을 만지듯이 피하더군. 쫓고 쫓기는 사투가 계속되다가 드디어 나방은 일격을 맞았어. 나는 눈을 질끈 감고 말았지. 여러 눈뜨고 볼 수 없더군. 그러나 나는 곧 놀라운 광경을 목격할 수 있었어. 죽어 널브러져 있어야 할 망할놈의 나방이 다시 펄럭대며 날아오르는 거야. 다시 가차없는 일격이 나방의 날개를 흩트렸지. 그래도 나방은 죽지 않았어. 한참을 날다 힘없이 떨어지는 거야. 인제 죽었구나 나는 생각했지. 그러나 그 나방은 신기하게도 다시 살아 날아오르는 거야. 펄럭펄럭 이렇게 말이야. 다 해진 날개를 저어. 나는 감탄했지. 그 나방은 어떤 운명과의 사투에서 굴하지 않는, 굴할 수 없는이라고 해두지. 질타? 폭격, 그래 가슴 깊은 곳에서 솟아오르는 뜨거운 눈물이라고, 그 불 데인 생채기라고 해. 아무튼 비로소 나는 그 운명의 벌거벗은 힘을 보게 된 거야. 이 수없이 많은 눈으로 하나의 실체를 보고 만 거지. 알 수 없었던 그 자연사의 가해자를. 결국 나방은 짓이겨져 죽고 말았지. 나방의 사투에 오히려 겁먹은 채 신문지를 휘둘러대던 인간의 모습을, 나는 똑똑히 볼 수 있었어. 신·을·보·았·던·거·지. 그리고 우리들의 수없는 죽음이 자연사가 아니라는 걸 알게 됐어. 라디오 뒤에 숨어서 참 많이도 울었어. 그리고 나는 이 직육면체가 두꺼비 사는 바깥보다 결코 안전한 장소가 못 된다는 걸 알게 됐지. 너무 많은 위험 속에서 너무 안이하게 살았던 거야. 파리채, 끈끈이, 살충제, 모기향, 약탄 밥, 심지어는 신문지 잡지책에 이르기까지. 내가 아직 안 죽고 살아있다는 게 다 이상해지더라고. 그리고 나는 여행을 떠났지.

바로 신의 세계였어. 내가 아는 바퀴벌레와는 비교도 안 되게 빠른 진짜 바퀴가 달린 바퀴벌레들. 내 눈의 갯수보다 더 많은 포악한 신들. 어마어마한 신들의 집과 가난한 신들의 토방 마루. 신들의 싸움. 나는 얼마 지나지 않아 돌아와야 했어. 모기향보다 더 지독한 향기가 풍겨왔어. 신들이 이룩한 문명이라는 냄새였어. 그랬던 거야. 모두들 죽음을 향한 일보 전진을 하고 있을 뿐이었어. 실망하고 다시 예의 직육면체로 찾아든 나는 자살을 결심했지. 한마디로 웃기는 얘기였어. 파리가 자살했다는 소문은 나도 들어본 일이 없거든. 하지만 수많은 눈을 뜨고 살아 있기엔 나는 너무 많은 것을 알아버렸다는 생각이 들더군. 참 묘한 기분이었어. 나는 자살하기로 마음을 굳힌 이상 자살의 가장 좋은 방법을 연구하기 시작했지. 우선 제일 처음 부딪친 난관은 내 몸의 무게였어. 너무 가벼웠던 거야. 파리 목숨이란 얘기가 나올 만도 한 거지. 이건 도대체 추락사가 되지 않는 거야. 책상과 천정에서 떨어져봤지만 실패하고 말았어. 내 비애의 무게가 그만큼 허망한 것일까? 그래서 흉기를 써볼까 생각도 했지만 보시다시피 나의 몸 구조는 빈약한 세 쌍의 다리로 되어 있는바 도저히, 이런 꼴로는 아무것도 집어들 수 없었어. 젠장, 그래서 생각해낸 게 굶어죽는 거였지. 좋은 방법이었어. 좀 고통스럽긴 해도 아직까지 방법을 바꿔야겠다고 생각하진 않으니까…… 하지만 정말 고통스럽군. 잠시겠지. 내가 파리의 몸인 지금이 꿈일지도 모르잖아? 어느 신, 아니 인간의 꿈. 이 미물의 탈을 벗어버리고 나도 멋진 또 다른 탈을 쓰고 환생할 수 있을까? 그 나방처럼. 명복을 빌어줘. …… 지금 생각하면 내가 본 모든 것은 기맥힌 우연이었어. 세상은 우연투성이로 뭉쳐진 단단한 곤충의 껍질 같애. 타자기의 자판에 맞아죽는 것은 좀 어땠을까? 교묘한 비행술이 필요할 거야. 아 누가 해원경 한 대목을 시원하게 불러줬으면. 사실 나는 원이 많은 파리야. 내 기막힌 원에 대해서 얘기하자면 또 길어. …… 아무래도 뭘 좀 먹고 해야겠어. 마음이 변한 게 아니야. 자살을 조금 유보해야겠다는 생각이야. 먹이를 찾으려 날으는 순간 나는 파리채에 맞아죽었다. 또 하나의 자연사를, 다아 파리 목숨일 뿐이야.

입 성

서울이여 다시 돌아왔다
기차가 지나는 성북역 부근
다닥다닥 붙은 지붕과 지붕들의
하늘 보이지 않는 처마와 처마 밑으로
억센 전라도 사투리로 오뎅 국물 퍼주던
중구 순화동 포장마차 물비린내 나는 천막 안으로
신문지 한장 덮고 들, 잠을 청하는
한없이 긴 을지로 지하보도로
달라 있다고 넌지시 물어오던 늙은 할마시들의
남대문 시장 입구로, 없는 놈이 없는 놈 잡아먹는
다는
상계동 아파트 현장 노가다꾼들의 욕지거리 아래로
술꾼들이 질펀하게 게워놓은
흥청거리는 영등포 시장으로, 뒷골목으로
늘 떠다니는 청량리역
슬며시 팔짱 껴오는 매음의 분냄새 속으로
신세계 앞 쭈그리고 앉은 모자 앵벌이꾼의
위협적인 생의 두 손바닥 안으로
대학로 눈물과 맞고함의 아비규환 속에서
마스크를 파는 장사치의 끈질긴 흰 웃음 속으로

조상님께 차가운 소주 한잔 올리고
재배 삼배 절 넙죽 올리고 떡국 한 그릇 해치우고
서울이여 다시 돌아왔다
아무런 노래도 없이 세월에 빈 마음도 없이

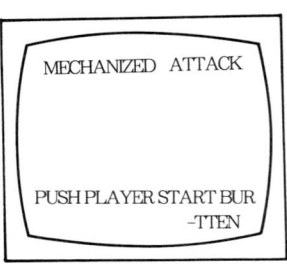

MECHANIZED ATTACK

PUSH PLAYER START BUR
-TTEN

▼ 붙들린 스파이를 구하는 것이
　너희들의 임무다 먼저
　바다로부터 잠입하라

　'바트'라는 말은 '부활' '재생' 혹은, '부흥'을 의미한다
이 총은 이스라엘제냐? 아아 집어치워 폴, 나에게 사
상이란 투우 앞에서 흔들리고 있는 빨간 깃발에 불과
해.──특선 2부작 「불의 사나이 반 고흐(2부)」(K-1
TV 저녁 6시). 총알이 내 뺨을 스치고 무작정 질주한
다 힘이 다할 때까지. 우리는 이미 제국주의와 시오니
즘과의 전쟁을 시작했다 마사다──저주받은 選民族에
게 신의 놀라운 가호는 집단 자살의 피해자에서 집단
학살의 가해자로, 그 당당한 자리바꿈의 복수에 있었
다(그래, 죽여라 죽여, 내가 너희들의 반동을 물로 멸

했듯이) 유전이 불탄다 라듐 용액을 들고 있는 마리 퀴리 부인의 손가락도 껍질이 벗겨진 채 빨갛게 타고 있네 네이팜탄이 베트남의 정글을 초토화시키고 있다 엄마, 고엽제가 나까지 시들게 해. (저 유보트의 적들도 살인에 대한 죄의식이 있을까) 넌 있니? 장담합니다 3·8선 이북의 땅은 석기 시대로 돌아갔습니다 그것이 미제 폭격기의 위력이냐 이, 더러운 양키들. 死産입니다. 모래 바람에 일렁이는 사막, 그대는 바람 나는 라이온.

　　　　부상하는 잠수함
　　　　잠수함은 슬픈 병기다
　　　　붙들린 스파이를 구하는 것이
　　　　우리의 임무다

폭파시켜! 저 미사일엔 눈이 달렸나보다. 절망이야, 그만둬, 넌 죽었어 저길 봐. 걸프 해변에 숨져 있는 가마우지…… 가이아, 가이아, 오오 가이아,

　　▼ YOU ARE DEAD
　　그래, 인슈알라!
　　(신이 원한다면)

피에 굶주린 20세기말의 이성
──건축사회학 : 독립기념관

  북경의 천안문 광장에서 모주석 만세를 외치는 중
국 인민들……성금이 속속 답지하고 있습니다……광
란에 가까운, 한때 건축가가 되려다 만, 아돌프 히틀러
가, 흥분한 독일 국민을 상대로 열을 올리고 있다(실
제로 그는 독일의 읍시를 재계획하기도 했다)……중
계차 나오세요, 루마니아 농민당 대변인 가브리엘레스
쿠는『런던 업저버』와의 회견에서 페트레로만 수상은
유대인이며 그의 아버지는 스페인 내전 당시 프랑코
와 맞서 싸웠던 사람이라고 비난했다 가브리엘레스쿠
는 유대인 수상을 갖는 것은 혁명에 대한 모욕이라고
……나는 장개석만한 애국자를 본 적이 없습니다, 스
탈린 흉상은 감동받았다는 듯이 말했다……금빛에 휩
싸인 평양의 혁명 조각상…… 철의 낭만주의……금빛
에 휩싸인 여의도의 63빌딩…… 역사는 벙어리냐? 일
송정 푸른솔은, 헝가리 민주 광장은 유대인들이 헝가
리에서 권력을 장악하려는 금세기 세번째 기도를 분
쇄했다고 안도감을 표시했다……도가니, 광란의 함성,
이중 코드의 포스트모던……정권의 위기 의식의 산물
……오! 로마 제국의 영광이여, 무솔리니의 꿈……학
교 안 다녀요, 지스카르 데스탱 전프랑스 대통령은 인

종주의 정당인 국민전선의 반이민 정책을 정략적으로 지지했다……노르망디에서 참전 용사들이 왕년을 추억하며 상륙 작전을 재현하고……월간 『말』 7월호의 월남전 참전 관련 기사에 항의해 3일째 농성을 벌이고 있는 따이한 중앙회 소속 회원 1백여 명이 사무실을 에워싼 채 출입을 막고 있다……비 오는 시가를 군화발로 백선엽 소준열 유학성이 행진하고 있다……20세기말의 이성은 또, 누구를, 무엇을, 학수고대한다

40년 동안의 평화가 그렇게도 지루한가?

미션 스쿨
──건축사회학

　원주민에게 잡혀 수시로 먹이가 되었는데도 줄지
않았던 호주 악어가 유럽인이 상륙하자 곧 멸종 위기
에 이르렀다 슈바이처: 지금 유럽에는 전쟁이 일어나
수많은 사람들이 죽어가고 있다 식인종: 그럼 한 열
명쯤 죽었나보군요 슈바이처: 아니다 훨씬 많다 식
인종: 백인들은 사람을 먹지도 않는다면서 왜 사람을
죽이지요? 교육학과 의학으로 무장한 선교사들이 식
민지의 터를 닦기 위해 선발대로 상륙했다 초기에는
기존의 한옥과 바실리칸 형식을 절충하는 얄팍한 기
교도 보이면서. 중남미 식민 체제의 강화는 순 카톨릭
교회의 덕이다. 인디아의 쥐는 악어가 입을 벌리고 잠
든 틈에 입 속으로 들어가 넓은 목구멍을 통해 악어
의 위로 미끄러져 잠입해 내장들을 다 갉아먹고는 마
침내 죽은 악어의 창자를 통해 빠져나온다 유유히. 그
십자군 병사는 무릎을 꿇고 간절히 기도한 후 내일의
싸움터를 위해 칼을 닦았다 주여 살펴주소서, 마누라
의 정조대는 무사할까? 관음보살님, 나하고 씹 한번
해요.

잠실 롯데 월드
——건축사회학

저것은 거대한 욕망의 성채다

이성을 살해한 음울한 중세의 성벽과
빛나는 P.C. 자기질 타일 외장의 롯데 월드
그것은 무엇을 방어하고 있나요
당신을, 우리를, 무산 대중을?
꿈과 희망의 동산이요, 사랑과 행복의
당신의 휴식 공간 롯데는
우리를 모두 젊은 베르테르의 사랑에 빠지게 한다
욕구의 끓는 기름과 조갈의 불화살을 쏴
끊임없이 당신을 상품화하고
끊임없이 당신을 당신이 소비하도록
구애한다
"여러분은 지금 롯데 월드로 가시는 전철을……"
/욕/망/을/드/립/니/다/
　　　　　/쾌/락/을/드/립/니/다/
"내리시면 바로 당신을 진열해드립니다"

이 지하철은 저 성채의 비밀 통로인 모양이다

근대 건축은 왜 망했는가
── 건축사회학

　새로운…도시를… 위한, 예언들이…20세기초를… 이미, 미래로…만들어놓았소. 르코르뷔제의… 빛나는… 도시는…아리스토텔레스적 논리의…순수비인 동시에 …도구적 이성의…기념비에…다름아니오. 아아키그램 그룹의… 걸어다니는…도시안은, 스필버그의… 영화처럼…前산업 사회를 위한…동화 같소. 1937년 파리 만국박람회의 소비에트관이…세계 혁명의 열정으로, , 꿈틀대며…사회주의 국가의…이상을…선전하고 있다면, 서울 올림픽의 평화의 문은…제6공화국의 밀리터리 멘탈리티를…은폐하고 있소. 세종문화회관의…수직 열주는, 왜, 대중가수를, 거부하는지…아오? 치안본부의…수직 원주는…민중의, 몽둥이오. 현대 건축사는…정치적 신념의…시녀가 아니면, 천재적인…건축가들의…환상일 뿐……정치와, 환상……(모든 예술은 무엇인가에 복무하오)…오, 현대는…불결해라, 나는…모오든 것을, 파괴한다

63빌딩
── 건축사회학

너나 가져라, 여의도

나는 여의도에만 가면 항상 한강의 수위가 걱정되
더라 63빌딩은 거대한 남근 숭배의 신앙이다 올림픽
을 앞둔 1988년 이전의 한국인들은 어떤 종류의 번식
을 바랐을까 소유의 확대를? 자본의 증식을? 섹스의
강화를, 繁雜을, 어차피 자본주의의 탄생 자체가 리비
도적 충동의 산물이라면 저 황금빛의 연출은 충분히
암시적이다 그것은 그대로 피로한 짐진 자들의 아이
맥스 화면이고 여의도의 수위를 가시적으로 높여준
해발의, 금방, 쓰러지기 쉬운, 봉우리다

삼춘, 63은 육이 셋이라는 뜻이야?

아빠, 피자도 먹고 나이아가라 폭포도 보러 가

아아 피곤했어, 밤새 63빌딩을 지켰는걸

매형은 퇴근하자마자 아침을 먹고 잠을 잤다

그 황금빛은 우리의 인광을 빼앗으며 타는데

이미 우리는 집요하게 무얼 지키고 있는 걸까

잠든 매형의 이마가 더 창백하다

피자를 먹고 방금 여의도를 건너온 조카들이

더 누렇게 떠서 그들 아버지의 머리맡에

빙 둘러앉았다

정신착란증의 서울
──건축사회학

▼패트릭 리치필드 사진전
　　　"아메리카의 꿈"

▼맨해튼은 서구 문명의 종착 단계의 무대이다[1]

▼모든 것은 섬광으로 덮여 있으며 그림자라고는 찾
아볼 수 없다　　　　　　──막심 고리키,「권태」

▼유토피아의 이중 생활: 마천루[2]

인큐베이터——다운타운 운동 클
럽은 모성으로서의 여성들로부터
도망쳐나온 남성들의 인공 자궁이
었다

　프랑소아 밀레, 만종——달리는 어린 학생이었을 때
이 그림의 복사판을 자신의 학교 벤치에서 볼 수 있
었다　그림은 "나에게 공허한 불안감을 가져다주었다
…… 그것은 너무나 강렬한 것이어서, 이 2명의 부동
적 실루엣의 추억은 내게서 떠나질 않았다"[3]

매일 저녁 뉴욕의 마천루들은 수
없이 많은 거대한 밀레의 만종에
나오는 인간들의 형태를 취하면서
…… 움직이지 않은 채 서로 서로
를 탐하며 성행위를 하기 위한 준
비를 하고 있는 것이다[4]

아메리카의 꿈은 뉴욕의 스카이라인을 감추고 서
있는
　누드 모델의 육적인 선에,
　그 음부의 은밀한 욕구에 있다 아니면
　무차별 융단 폭격과 세계 평화를 위한 결의와
　악랄한 응징의 파편에…… 있다
　디즈니랜드를 순식간에 날려버릴 수 있는
　군산복합체의 냉전 논리 속에서 위대한 아메리카의
꿈은,
　세계의 헌병으로서의 아메리카의 꿈은 자란다
　아황산가스에 가려진 해는
　어떤 노래를 지어 불러야 나올까?
　광화문에서 수송동 미대사관까지 저녁 땅거미가

어둠의 실을 뽑고 있을 때
정신착란증의 서울을 치유하는 조계사의 관음 대성
종
⟨········⟩
먼지에 덮인 건물들이
종소리에 물을 길어 목욕 재계한다

1) Rem Koolhaas의 *Delivious New York──A Retrodictive Manifesto for Manhattan*(N.Y.: Oxford University Press, 1978)의 번역본 泰林文化社, 金元鉀 역 『정신착락증의 뉴욕』서문 중에서.
2) 『정신착란증의 뉴욕』소제목에서.
3) 위의 책, p. 205 본문에서 발췌.
4) 위의 책, p. 221 사진 설명에서.

파괴 공학
──건축사회학

(네로는 더 이상 견딜 수가 없었다) 저 추잡한 거
리, 비대한 공룡의 비늘 같은 마천루들, 거대 자본의
충실한 개들이 계획한, 재벌과 신의 사제들의 소유인,
불결해──섹스의 무자비한 충동과 네온으로 반짝이는
광고탑과 교회의 첨탑, 주거 양식이 생활 양식을 교정
한 재난의 피난처 아파트──모호한 공간의 의도──탁
월한 암산의 정치──바벨탑처럼 높아만 가는 금융회
사의 사옥과 지하 생활로 입주한 철거민의 땅굴(네로
는 더 이상 견딜 수가 없었다) 번창일로에 있는 교회
산업의 대리점들, 백화점 건물의 무반성과 체육관 건
물의 비곗살, 1883년 9월 2일 샌프란시스코 펠리스 호
텔에서 민영익은 젊은 아메리카의 야경을, 대한교육보
험 건물은 카피 문화의 3차원적 산물이다, 한국의 자
동차는 일본 자동차 산업의 트로이 목마라고 하잖아
요? (네로는 더 이상 견딜 수가 없었다) 세운상가는
일제의 문신이다 전태일씨가 온몸에 신나를 뿌리고
청계천 고가도로를 불덩어리로 질주한다 교통 혼잡의
차량들이 경적을 울리고 서울은 뜨지 않는 간장독처
럼 부글부글 끓는다 네로는 야경에 신나를 뿌리고 불
을 질렀다(다시 지을 것이다 순결한 도시를 위해)──
삽시간에 네이팜탄 같은 불길이 로마의 하늘을.

—— 건축사회학
—— 매스컴은 반커뮤니케이션이다*

　　말씀의 기록으로 이룩한 또 다른 성채

中央日報社,

　제6층 유리를 통하여 나는 유적지의 과거를 산책하
는 채색 벽화의 시민들의 운동 부족으로 인한 변비와
　만성 소화 불량과 은행나무 그늘이 짓누르는
　편두통의 정오를 본다
　검은 길들이 미세한 절망의 적혈구를
　비대한 도시의 동맥경화로 떨리는 성채의 핀란드산
화강석판 외장 위로
　카르멘 레드의 점액질의 비릿한 오후의 각혈 위로,
화사하게 꽃피워낸다
　국제주의 양식의 결벽증으로 응혈된
　계명의 석판은 피딱지가 상처를 보호하듯이
　자본과 정치적 이념으로 후천성 면역 결핍된, 감염
된 체제를 포장한다

나는 제6층 색유리가 둘러쳐진 커튼 월의 휘장 뒤
에 숨어서
갑작스레 아주 생경해진 세상을 조감한다
하나의 色으로 본다면 지옥의 유황불도
자칫, 연화의 불꽃으로 보일 수도 있을 것
중앙일보 사옥은 이단의 신도처럼 은밀히
巨石都市를 예배하고 있다
목련꽃이 시드는 날에야 가슴이 내려앉는 현기증에
멀미를 참지 못했다
구겨진 신문지에서 읽혀지는 일상의 초췌한 단편들
은
온 나라 흐리고 비의 예언 속에만 갇혀
무거운 기압골로 포진하고 있는 흐린 회색의 습도
에 있었고
중앙일보사 현관의 조각상은 마치
1937년 파리 만국박람회의 소비에트관이
세계 혁명의 확신에 고조된 것처럼
자본의 증식을 위한 열정으로 역동적이다
대지 면적 **4,800**평에 2만여 평의 비대한 부피는
어떤 가난한 이들의 추억을 뭉개고 있는가

도로와 대재벌의 사옥을 위해
우리는 우리들 그리움의 눈부신 기억들을 아낌없이
내주고 있다
이 거대한 공룡의 대뇌는
불어나는 욕망의 몸뚱이에 비례해서 커가는
이상한 진화의 변종을 보인다

　＊ 황지우, 『사람과 사람 사이의 신호』에서.

해인사
——건축사회학

플라워차일드파에서
지저스프리이크파로
개종한 여성이 바다
에서 세례를 기다리고

있다 나는 한번도 서해를 보지 못했다 가야산 돛대
바위는 연화장 세계의 바람을 기다리고 내 유년의 종
이배는 동해를 표류하고 있었다 일주문의 무거운 회
색 지붕을 지나 천왕문 배흘림 기둥을 붙잡고 나는
  오래 참았던 눈물을 또 속으로만 울었다
  비로자나불이여, 화엄의 바다에 나를 적시도록
  또 울었다

  심한 흉년이 든 어느 해 설문대 할망은 오백 명이
나 되는 아들들의 죽을 끓이다가 죽솥에 빠져 죽었다
  어머니는 밀가루 반죽을 뜯어 감자가 끓고 있는 물
에 넣고 계셨다 나는 때 긴 손으로 해와 달과 별을
순서 없이 빠뜨렸다
  구광루의 목어 소리가 대장경전의 낙락장송들의 틈
새로

삼재팔난의 세상으로 흩어졌다
오늘 이에 산화 불러 꽃을 뿌리니
젊은 미륵좌주는 이 꽃을 밟고 오시라

가자, 내 푸른 동해로
나는 그 큰 솥에 숟가락을 담갔다

우툴아, 우툴아
──건축사회학

내 귀에서 너는 우주인이야, 너는 우주인이야, 하는
전파가 계속 들려와, 저 블랙 홀에서, 일백사십구억구
천구백삼십만 년 전, 이 우주의 암흑을 깨치며 나타났
던 빛의 화광 속에서, 혹은 다른 은하계에서, 팽창하고
있는 우주의 벽을 타고, 선운사 미륵님의 배꼽에 숨
긴, 비결의 일점 일획에 실려, 아기 우주의 뜨거운 불
꽃 속에서, 녹지 않는 쿼크 속에서, 근해에서 오징어잡
이하는, 낡은 목선들의 그 화안한 백열전등 불빛 아래
서, 신돈이 명령하자 붉은 콩에 밀려 솟아난
미륵의 입을 빌어
그리하여──
세상이 쑥밭이 되고
세계의 붕괴가 쓰레기 더미로 화한 뒤에
운주사 와불이 그 오랜 병석을 털며 일어나고
조선 팔도에 지천으로 깔린 미륵이란 미륵님은 죄
다 땅속에서 그 발을 빼
그리하여──
또 다른 참언이 새 세상의 진인을 기다릴 때
우툴아, 얼른 발을 올려 말을 타고
　　　　바위를 열고 나오너라

그렇지 않으면 억새로 자르리
그렇지 않으면 억새로 자르리

이태원
——건축사회학

누이여 슬픈 얼굴, 가난과 멸시와 매맞는 나의 아내
베풂과 수모와 한없는 사랑의 어머니
정복자의 전리품——, 임진년의 왜병들이
이태원의 운종사 여승을 윤간한다, 왜적의 아이를
낳는다
사랑한다 보듬는다 사랑한다
뺨을 비비며 옹알이한다
양키를 유혹하는 누이의 얼굴
이봐, 조지, 날 너네 나라에, 데려다줘, 응?
시커먼 것이, 거대한 덩어리가, 탄탄한 근육질이
누이의 여린 황색을 헤집는다
아이를 긁어내고 하늘이 빙 돌고
걸을 수도 없이 아프다, 심양에서 돌아온
더럽혀진 조정 사대부집 여인들이 모래내에서
세례받듯이 서로에게 물을 끼얹으며 오랑캐의 때를
벗기고 있다
동생은 더러워 누나, 라고 말했다
오빠는 이, 갈보년, 집안 망신을, 때렸다
멍든 눈두덩이로 양키들을 받았다
사랑해 조지, 사랑해 빌리, 사랑해 존,

왜적의 아이들이 효종 때의 배나무 사이를
미친 것처럼 뛰어다녔다
흰 배꽃이 우수수 졌다

서울, 서울, 서울
—— 건축사회학

무악산에 길마를 벗어두고 풍수설화 속의 큰 소가
북아현동에 수고하고 무거운 짐 진 그 오랜 굴레를
풀었다
소는 서강에 내려가 한강물을 마시고 누워 싱싱한
처녀애들이
미니와 맥시로 물이 좋은 홍대 입구를 본다——내
밥그릇과 똥이 변증법적으로 대치하고 있는 마포
五德이 相生無窮하는구나
나는 서울은 오백 년 도읍지가 아니라고 말한다
(서·울·은·갈·보·예·요)
旣醉以酒 旣飽以德 君子萬年 介爾景福——詩經
먹고 마시고 취하자, 이태조도 순종도 고종 폐하도
대원군도
아니 노지는 못하리라, 비원도 숭례문도 청계천의
복개 작업과
모던한 거리 표현의 을지로 재개발도 저 제국의 섬
여의도도
서울은 오늘 완공된다
바벨탑의 구조 계산상의 오류는 붕괴로 증명되었지만
여의도 순복음교회는 구조 역학적으로 해석 불능

이다

누가 그 말씀의 세일로 이룩한 거식증의 성문 앞에
서

휴거를 얘기하겠는가——생은 죽는 날까지의 환란이
다

허상의 입면도들,

서울은 너무 새로운 도시예요 삼성동 무역회관은
승천하는 용의 모습이 아니라 신군국주의의 섬뜩한
총구예요 니껜 세께이가 표방한 이천년대 무역 한국
의 모습은 자위대의 해상 훈련과 엔 블록의 좌표점
어디에 위치할까요? (최고의 건축은 아무것도 건축하
지 않는 것이라니까요?) 서울은 꼬리 아홉 달린 여우
의 조화 같애요 저 청상과부의 아름다운 그림자를 주
의하세요

서울은 광난다——누가 이렇게 밤새 서울을 닦아놓
았나

번쩍번쩍합니다, 수입 완제품인 서울

행복한 미륵님
—— 건축사회학

정말 멋지네요 행복한 미륵님 내 하나의 몸뚱이
와 두 개의 머리를 달고 한번 날개를 펴면 구만리 장
천을 난다는 붕새보다 더 먼 거리를 날아왔지만 당신
처럼 멋지고 행복해 보이는 부처님은 처음이에요 미
륵님 이 흉악한 사바 세계에 당신의 빛나는 청동 몸
만이 용화정토네요 아름다워요 당신의 몸 허지만 나
는 미륵님의 머리에 박힌 수십 냥의 금조각을 뜯어내
한국의 민주주의를 팬시화하고 싶진 않네요 고층 아
파트만큼 높이 솟아 미륵님은 무얼 보시나요 만화
영화처럼 움직이는 속세의 광기, 마약, 욕망, 고통, 죽
음? 아프리카 흑인들의 검은 눈물과 티베트 망명 정
부의 오체투지와 팔레스타인 소년 전사의 깃발과 돌
멩이? 라틴 아메리카 민중의 노래를, 절규를? 아니면
프레스기에 짤려나간 오른손 검지와 식지의 동떨어진
의지의 떨림을 미륵님은 56억 7천만 년 동안 그 견고
한 청동 갑주 속에 고이고이 묻어두실 작정이신가봐
요 십만 연등 속에 갇힌 청동 미륵님 성겁의 시간을
거두고 오세요 무량세 무량수 새 생명의 세계로 오세
요 묶인 철골조의 차꼬를 차고 켜지지 않는 수억 수
천의 연등 속으로 미륵님은 오세요 나는 내 몸에 달
린 또 하나의 머리를 위해 독 바른 떡을 삼키겠어요

어서 오세요 미륵님
나는 바룬다새랍니다

비유클리드 기하학
──건축사회학

을지로 지하보도의 늘어선 기둥들은
하나의 열린 벽이다 예각화된 시선을 경계하는
호주産 캥거루처럼
가만히 침입자를 듣고 있는 조용한 숨소리다
영원히 만나지 않는
평행한 두 직선은 없는 것처럼
그리운 그대여
언젠가는 만날 것이다 언젠가는……
굉음 속을 질주하는 지하철의 바람에 날리며
어머니 범람하는 두만강변의 물소리 같다구요,
어디로 날려가시는 거지요? 검은 비닐 봉지같이
거기 긴 의자에서
과거의 신문지를 덮고, 곤한 잠을 자는 이는
어디에서 피난 오셨나요
을지로 지하보도는 뫼비우스의 띠 같다
다시 만납시다, 먼 소실점에서

서 동

네, 그래요, 그랬습니다요 아주 이상한 외로움이었
습니다 善花 그대를 품고 온 날이면 내리 사흘 동안
그대 향기 말고는 아무런 냄새도 맡질 못했습니다
(그대는 어느 종류의 인플루엔자였습니까?) 오늘도
서울의 아이들에게 그때 꼬득이는 노랠 지어주고 흑
인과 제3세계 인민들의 입맛에 맞게 만들었다는 미제
팝 아이즈 치킨을 맥이고 왔지마는요 아직도 그대
뱀 같은 욕정이 내 후각을 떠나지 못합니다 딴은 미
륵삼존이 용화산 밑 큰 못에 나타난대도 나는 보지를
않습니다──善花 내가 내 머리를 깎고 허겁지겁 그대
에게 온 이유는요 살픈 바람이 내게 그대 냄새를 실
어주었던 까닭이지요 밤마다 찬이슬을 끌며 돌아가는
그대 머리칼이 미치게 미치게 내 식욕을 자극하는군
요 善花 그댈 향한 사랑은 자멸이고 그대 마르지 않
는 육욕만이 사랑입니까?

구중 궁궐 속의 善花,

문무의 백관들이 귀양 보내면 연락주세요 나무의
정령으로 숨어 기다리지요

사랑, ——불치의

입술을
세상이 무너져버릴 키스를
한입 가득히 너의 심장과 피를
흡입해내는 나의 사랑을
용서해줘, 와락, 포옹을
썰물처럼 빠져나가는, 너의 몸을
허무를——, 낙엽이 진눈깨비처럼 지는 대낮을
걸어, 무수히 가슴에 상처를
자해하는, 무진 힘겨운 발걸음을
일보 일보 이끌며 가는, 절망의 행보를
아아, 살아 있다는 것을
허나 너의 사랑을
끓는 솥 가운데에 전신을 데인, 火傷을,
나는 문 여닫는 소리에도 온몸이 아픔을
그 아픔을 불치로 알아 살아감을
너는 모를……
그 바다에 뿌린 눈물을
양식으로, 그물에 담아올리는 사랑을
넘쳐오는 파도를

산산조각내는, 나의 고독을
땅거미로 번져가는, 너의 웃음을

불——, 검게, 사무치는

잡년아, 울지 마라

웃지 마라, 미련한 것

마른 지푸 같은 니 머리칼에 흰 꽃가루가 하염이

없고

니는 그만 눈을 감는구나 나는 잠속에서 긴 꿈을

꾼다 잡년아

잡년아, 그리운 니가 하염없이 내 잠속에서 꿈을 꾼

다

무사해라 부디,

검붉은 숯불처럼 사그리 타들어가는 니

뜨거운 살집이 이 시리게 그리웁고

검푸른 바다의 수심처럼 니는 자꾸 깊어만 가는구

나

해저의 심연에서 나는 고요히 자라며 바다를 태워

먹고

잡년아, 피어오르는 물안개에 갇힌 니 모습 이젠 보

이지 않는다

시원스럽게 토해내지도 못한 채 분해되지 않은 화

학주처럼

피가 나게 긁어도 시원치 않은 게 사랑이다 잡년아

잡년아, 니가 가는 먼 길은
겨울 바닷가 초저녁의 불투명한 호박색으로 저물어
가고
확확, 나는 목이 타고 눈에는 불이 일어
니 떠나고 난 자리에 날개 터는 소리만
(푸드득) 불꽃 피어 푸른 밤으로 솟구치더라
잡년아, 타오르는 불의 중심처럼 사무치는 고온이면
서도
뜨겁지 않은 게 사랑이다,
이, 잡년아

낙산 여자

유년의 바다는 정오의 그림자로
작열하는 태양의 뒤로, 한낱 추억으로,
(사라져버렸다)
낙산의 여자들은 모두
짙은 화장으로 얼굴의 기미를 숨기고
모두 비슷비슷하게 그린 가는 눈썹으로
서로들 닮아간다
백낮의 태양보다 더 뜨거운 낙산 여자
아버지 돌아가시고 엄만 더
외로우신 것 같애요, 익숙한 솜씨로 회를 뜨며
썰물같이 웃던 낙산 여자
(사라져버렸다)
식당에서 건어물점에서 사격장에서 백사장에서 늘
억세게 웃고 파도처럼 다가오던 늘 매몰차던 여자
고된 날에는 사람 냄새에 구토가 일어
장사할 수 없다는, 어느새 산다는 것을 터득해버린
무화과나무 그늘 그물이 널려 있던 기와집 너른 마당
어쩐지 눈빛만은 낯설은
네가 시를 쓴다며, 깔깔 웃던 낙산 여자
(사라져버렸다)

게르니카

나는 그때 분명히 웃고 있었는데 고개를 똑바로 고치라는 사진사의 지시와 희망찬 일간지의 신년사 같은 조명의 눈부심 속에서 분명 웃고 있었는데 삼일 후에 와서 보는 그때의 나는 왜 이런 우거지상이냐 사진사의 심각한 얼굴이 우스워서 가만히 웃고 있었는데 분명 나는 그 빛 속에서 살고 싶었는데

(귀가 잘린 자화상 같다)

비 오는 날의 강은 결연한 초상과 같다 지하철을 타고 한강을 건너오면서 차내 방송은 다음 역이 신촌이라고 우겼다 차내 방송에 속은 잠자다 깬 사람들의 무서운 독사진

2

세기 초두의 미술사에 있어서 모든 공간의 탐구는 이 스페인 화가 파블로 피카소의 「게르니카」 한 편에 집중된다 이 회화에서는 동시성의 원리, 내외 공간의 침투, 평면의 한계를 뛰어넘어 전달하고자 하는 강렬

한 시정신을 명쾌하고 극명하게 전파하고 있다 그것
은 한 예술가의 손에 의해 옮겨진 한 시대의 비극, 피
에 조갈을, 살인자의 마수성을, 스페인의 민중의 힘을
전사하고 있다

3

새는 손바닥만한 두 날개로 전하늘의 중량을 받치
고 있다
위험한 시내에서는 악쓰는 군가 소리와 함께
대대 병력의 군사 이동이 있었고
민간 차량이 잠시 통제됐을 뿐 후방은 평온했다
가령 교회가 파산했다든가 거지가 폐업 신고를 냈
다든가 보험회사가 망했다든가 영화 포스터가 반체제
적이었다든가 아이들이 참요를 부르며 놀았다든가 여
성 잡지가 정치적인 이유로 폐간당했다든가 을지로의
빌딩들이 어이없이 무너져내렸다든가 하는 생소한 일
은 영영 일어나지 않았다
군 차량이 시를 통과한 빈자리로 민간 차량들이
다투어 몰려들고 조간 신문과 석간 신문은
치질 광고와 여성 청결제 광고를 오단의 다소 큰

크기로 냈을 뿐

조용했다 시민들 중의 여중생들은 인기 연예인의 근황을 평전처럼 장황하게 늘어놓았고 시민들 중의 사십대들은 소득세가 터무니없이 많이 나왔다는 얘기들이고 대다수의 시민들은 텔레비전 앞에서 핏대 세우는 것으로 자신들의 무력함을 보상받았다

찬바람이 불기 시작했지만 여자들의

정성들여 빗질한 머리를 헝클어놓은 것을 제외하곤

일상은 변화 없이 꾸준했다 최전방의 친족에게서 편지가 왔지만

잘 있다는 얘기뿐이고, 철책 너머 임진강이 아름답다는 간단한 감상이 전부였다

답장을 써놓았지만 우표 값이 십 원 올라 아직

못 부친 채였다

인공위성에서 보내온 구름 사진대로

오월의 둘째 주 일요일은 흐린 날씨에 바람이 약간 불었다

풍향계가 몸을 푼 여자처럼 가뿐하게 돌고

하늘이 무너지면 솟아날 구멍은 아예 없는 것처럼 보였다

4

그 색조 속에서 보여지는 표현된 것 이상의 살아오는 죽음의 표현은 큐비즘의 공간 영역을 극대화하고 있다 나의 죽음을 헛되이 말라, 거기에는 색채가 없다

암흑과 암흑의 그림자만이 캔버스를 가득 덮고 있다 어떤 화려한 전시장의 조명도 이 대중적 의미와 행동의 양식을 도색할 수 없다 확고한 구성 속에 보이는 혼미.

「죽은 아이를 안은 여인」부식 동판 43×49cm, 1903. 캐테콜비츠

5

죽지 말자 한 시대의 살의가 네 살점을 한 근씩 두 근씩 베어가더라도, 그 역사의 반동이, 그 불덩이가, 네 복부를 쑤시고 들더라도, 죽지 말자. 천안문 광장의 붉은 벽돌 앞에 거꾸러진 뜨거운 도살의 피여,

아르메니아의 인민들이여

삼색기 흔들며 흙먼지 속에 선 팔레스타인의 어린

전사여——부디, 오늘 아침도 신께 예배하고 다시 총을
잡을 수 있길.

　내가 인도를 걷다 또 다른 인도를 걷기 위해 차도
를 건널 때

　나는 종종 [보행자 기호] 애와 [보행자 기호] 애를 만난다

[보행자 기호] 애는 날더러 안심하고 가라 하고

[보행자 기호] 애는 날더러 위험하니 가지 말라 한다

[보행자 기호] 애의 말을 너무 믿는 것은

신문을 광신하는 것 같이 위험하다

그러나 [보행자 기호] 애는 독재자다

항상 옆구리에서 우리를 위협한다

　일전이다

　우리는 여기서 몰살한다

　통성명도 없이 친해진 우리들.

6

　혼란과 테러, 죽은 아이를 안은 모친, 불타는 집 속
에 쓰러진 여자, 두부처럼 잘려나간 어여쁜 너의 젖가
슴, 부러진 칼, 무표정한 황소, 한껏 비틀려 펼쳐진 손

가락, 아이의 머리, 울부짖는 엄마, 엄마, 엄마, 말 달
리던 선구자는 쓰러져 있고, 빈 말 만, 빈, 말, 만, 필라
멘트로 엮어진 전구, 물고문, 씨발년 불어, 허위의 조
서 위로 떨어지는 지하실의 잔향들, 꽃잎처럼 스러져
간 우리들 어여쁜 젊은 넋이었다

7

　미물의 탈을 벗고 부디 극락왕생하거라 나무젓가락
의 살의에 맞아 죽은 집게벌레여　구둣발에 눌려 죽
은 나의 어린 땅강아지여　지금쯤 어느 생으로의 환
생을 다시 꿈꾸는지 청춘의 고뇌여 이제 이승 짐 모
두 벗어버리고 펴나한지 누이야 죄-없는 어린것을
잃고 원통해 두드리던 네 가슴속 피멍 생생히 더욱
또렷해오는 아이의 핏물 얼굴 울지 말자 어떤 인연으
로 우리는 만나 한세상 같이 웃고 울었을까 웃음 머
금은 얼굴로 마치 생시처럼 이승의 스냅 사진 속으로
간, 이름모를, 식별할 수 없는 벗이여 어느 흙구덩이
속에서 두 눈 부릅뜨고 살아 있는지 소식 전해다오
　저 혼란 속에서 흔들리고 있는 등불을 빌어

144

8

　누군가가 오고 있다　이 테러와 비이성의 야만 속
으로 황소는 무표정하다　피카소와 같이 큐비즘을 출
발시켰던 브라크는 다시 세잔으로의 회귀를 보여주는
듯하다 황소는 무표정하다

9

　미친 듯이 휘날리고 있었어
　갈대들이.──수로를 어지럽히고 바람이 불고 있었
어
　바다 쪽으로──작은 섬들을 잇는 다리가 호올로
서 있었어
　위태로이.──그 다리를 꼭 건너야만 할 것 같았어
　내가.──꼬옥,
　철새가 깃들여 있던 둥지엔 없었어
　아무도!──소리를 내고 있었어
　숲 저편에서.──억새들의 반란이 일어났어
　흑과 백의 세계에서.──하필,

10

아 야 어 여 오 요 우 유 으 이 —— 바람이 불고 있
었지 유리문 저편에서. 총알이 내 너무 가벼운 머리통
을 관통하며 면사포 쓴 너의 오랜 사진에 가 박힌다
아내여 네 아이들의 세상은 반드시……

아들아 참으로 징그러운 세월이었잖느냐 너무 오래
기다렸다 미륵의 번한 세상. 살아서만 돌아오너라, 살
아서만,

대검이 내 배를 갈랐어요 어머니,

11

전사여 이것은 성전이다
우리들의 아픔은 전도되지 않는다
절연체이고
비명횡사의 단말마다

12

의료 보험증 번호 2395 – 114

피부양자

성 명	주민등록 번호	관 계	확 인
함 성 숙	590104 – 2279313	배우자	781023
김 영 진	720115 – 2279323	자 녀	781023
김 봉 진	741130 – 1279218	자 녀	781023

(일요일 아침의 공중 목욕탕은 광란의 아우슈비츠
같다)

13

「단두대 위에서의 춤」 부식 동판 57 × 41 cm, 1901. 캐
테콜비츠

목숨이 하도 질겨서 우리는 징헌 놈의 시상도 사요.
누나, 치마에 피가, 시대가 내 정조를 유린했어――그
미친 황소가,

아아 어머니 눈 못 감겠어요.

봄산, 저녁꽃

1

내 이상국가에서도 시인을 추방한다 내가 라일락
핀 발자국 위에서 모든 불켜진 도시의 야경을 정찰할
때 나의 운명은 마리화나의 연기 속에 핀 금방 흩어
져버릴 기화요초와 같은 幻이었다 그러나 사랑하는
그대는 고독해라 남촌의 색주가 북촌의 기방에서 꽃
은 피고 응봉의 개나리 숲이 한강의 물그림자 속에서
화사하게 흘러간다 夢死를 꿈꾸듯 너는 탭댄스처럼
가볍다

2

증산교를 지나면 水色이 나오고 구름다리를 건너지
않으면 花田이 나온다 봄산, 봄꽃──나는 문산행 열
차가 흘러가는 소나무 숲과 높은 향나무 사이를 지나
는 사각형의 창문 안에서 청춘의 형벌이 즐거운 청년
과 죽음의 순간이 그늘처럼 가벼운 늙은이를 총천연
색 시네마스코프처럼 본다 흔들리는 꽃밭 속에 숨어
서 천천히 풀은 시들지 않고 꽃은 지지 않고 우리의
생도 저녁꽃처럼 위태로울 뿐이다 푸른 등이 빠짐없
이 켜진 꿈길 같은 시내버스 속에서 해가 지고 달이

뜨고 나는 별의 운행을 그리다 잠든다 하루에 지구를 열여섯 바퀴씩 돌았던 우주인 세르게이 크리칼료프의 고독을 생각한다 마침, 너에게 꽃과 노을을 주고 싶다

3

도시의 건물들은 주기도문을 듣고 있는 조객 같다 아니면 장송곡 사이로 기립해 있는 비석 같기도 했다 딴은 모든 문명이 백일 동안의 꽃잎들같이 지기도 하고, 사실 공룡은 거대하지 않았을지도 모른다 인간이 거대하지 않은 것처럼

4

먼 산, 봄 산, 죄절의 산, 생명은 무서운 것이다 (두려운 것이다) 어머니, 저 없다고 그리세요 어떤 희망도, 그만큼만한 절망의 무게도 듣고 싶지 않았다 꽃이 없다 팝콘처럼 피는 밤벚꽃의 치사찬란은 내 천국과 지옥의 노래처럼 환위의 깃발로 흔들린다 불길 속에서 비둘기처럼 꽃잎도 후두둑 지고 만다 봄하늘 서천 쪽으로 메마른 연기가 동요도 없이 솟고 투명하게

백목련꽃 핀 흰 길은 눈감은 내 머릿속처럼 환했다
세상이 너무 밝아 두 눈 뜨고 그 꼴 다 못 보겠다아

5

　당신은 오래도록 돌아오지 못할 겝니다　아침에는
밤새 좁쌀알 같은 눈들이 내려 대명천지의 거리를 밝
히고 동포서랑 나는 정처가 없습니다　어차피 인생이
란 시간 낭비일 뿐입니다　어스름 저녁 그 푸르름 속
에 한 그루 나무의 깊은 뿌리로 살 수 있길 나는 바라
고 바랬지요　사금파리 강가 그 따가운 물빛 밑으로
고요히 여윈 두 발 담그고 싶었습니다 개꿈입니다
산등성이에 핀 붉은 진달래는 빈 머릿속에 부어진 사
카린처럼 아찔합니다　화무십일홍이라 나는 저녁꽃을
들고 흰 나비떼 눈앞 가득히 내리는 저문 하늘을 봅
니다 춘설입니다

6

　항문에 관한 문제를 생각할 때마다 나는 불편하다
단추를 누르면 독 오른 뱀의 혀처럼 고개를 들고 튀
어오르는 자학의 칼날처럼 청춘은 내 팔뚝마다 아편쟁

이 같은 광기의 문신을 팠다 한번 찌른 자리에 다시
는 주사되지 않았다 꽃들은 환각처럼 내 항문에 피
었다——무궁화꽃이 피었습니다 돌아보았다

밀봉 열차

　　　　　　　　——사랑인가 증오인가,
　　우리는 왜 적과 싸워가며 적을 닮아가는가?

　비행하는 갈매기는 지상을 숨긴다
　투명한 햇빛을 인 자작나무 아래서 깃털처럼 가벼워지며 나는
　이청준 박상륭 조세희를 읽었다 마치, 연애 편지처럼
　각개식으로 달려온 우리 젊은 날의 조서는 어두운 지하실벽
　이영희 교수와 레닌과 트로츠키의 금서로 한낱 휴지 조각으로
　날려갔다 누가 내 자폐의 방문을 잠그고 못질을 했다
　나는 너무 일찍 절망의 몽환 같은 미각에 취해 있었다
　나는 레닌보다 알렉산더 3세의 암살을 음모하다 죽은 레닌의 형 알렉산더 일리치 울리아노프를 더 좋아했다
　이제 나는 내가 아무 미련 없이 떠났고

나를 모난 돌로 쳐 내몰은 저 한 시대의 위악 속으로 다시

돌아간다 소리없이 모든 것이 무너져내린 날

놀랍게도 열차가 혁명을 지나쳤을 때

나는 가죽끈을 세 번씩 갈아가며 황지우의 시집을 읽었다

폐허의 역에서 『자본론』을 읽다 던져버렸고

나는 서울의 도시 전체를 재계획하는 꿈을 꾸었다

이기백의 『한국사신론』에 붉은 밑줄을 그어가며 소설가 이인성이 그의 아들이라는 사실에 놀랐다──(이인성의 해골 같은 파사드를 생각한다)

나는 늘 정면을 피해 배면으로만 숨어 있었다

들꽃 출렁이는 간이역에서

자기 애인의 나이만큼 팔굽혀펴기를 하던 벗의 연애와

시베리아의 교수대에서 살아난 간질병자 도스토예프스키의

음울한 외투를 위문한다   나는 단지 물에 시든 종이꽃을 들어 연설하고 당신들의 승리를 부도냈다

오! 造花였구나, 저 포템킨의 허무한 평면도를 산책

한다

닫힌 문벽 위에 쓸쓸한 짝사랑의 노래만 가득 적어 가던, 어둠의 한 시절

깃발은 사라지고

나와 표정을 알 수 없는 동지들을 태운 이 밀봉 열차는

어디로 가고 있는 것일까?

＊포템킨Potemkin —— 아돌프 루스가 그의 책 *Worlds in the Void*에서 인용한 러시아의 마을 이름으로 제정 시절 황제가 지나갈 통로마다 임시로 세워졌던 가설 도시를 말하며 가옥들의 전면만 있었음.

비와 바람 속에서
── 함성호의 시

김   진   수

──매일매일의 순결함으로 부활하며 황
　　도를 홀로 가는 태양의 그 지루한
　　여행을 위해 (「타르쵸」 중에서)
──태양이 나를 치유하고
　　바람이 나를 살릴 것이다 (「송장메뚜
　　기」 중에서)

I

　한 세대의 문학적 성취는 다음 세대의 시인들이 넘
어야 할 힘겨운 언덕임에는 분명하다. 저 '잔인한 5월'
로부터 시작된 지난 80년대 시인들의 문학적 행보는
칠흑의 어둠으로 뒤덮인 현실과 눈부시도록 빛나는
이념 사이의 팽팽한 긴장 속에서 우리의 문학사에 커
다란 족적을 남겨놓았다. '시의 시대'라고 명명되는 80
년대의 눈부신 문학적 성취는 그렇게 현실의 어둠으

로부터 추동된 창창한 이념들과 그것들이 분화되면서 발하는 빛에서 연유한 것이었다. 이제 전세대의 시인들이 쌓아올린 가파른 문학사적 언덕을 눈앞에 마주한 90년대 시인들은 그 어느 때보다도 힘겨운 작업을 하고 있는 것처럼 보인다. 그 작업의 힘겨움은 오늘의 현실이 이들 새로운 세대의 앞길을 비추어줄 이념적인 별빛 하나조차 허용하지 않는 상황이라는 점에서 더욱 가중된다. 말하자면, 90년대의 시인들이 뿌리내리고 있는 이 현실적인 지반의 어둠은 지난 80년대의 그것과는 정도가 별반 다르지 않음에도 불구하고, 그 질에 있어서는 상당한 차이를 보이고 있다는 것이다. 오늘의 현실의 어둠은 갑각류의 외피처럼 너무나 견고하여 어떠한 이념의 빛이라도 투과를 허용하지 않는다. 그러나 모순적이게도, 다른 한편에서는 그 어둠은 너무나도 신축적이어서 온갖 종류의 빛들을 흡수하면서 자신의 실체를 하얀 빛으로 가려버린다. 마치 모든 빛들을 반죽하여 흰색을 만들어내는 것처럼 그렇게. 90년대의 시인들은 그 흰 어둠 속에 잠겨서 아직 그들 나름의 명확한 행보를 보이지 않고 있다.

어둠 속에 휩싸인, 또는 저 텅 빈 흰색에 감싸인 이 시대의 현실과 삶의 풍경은 쉽사리 그 이해의 실마리를 드러내지 않는다. 풍경 속의 길들은 다른 길들과 만나지 못하고 도중에서 절단되어버리거나, 아니면 끝도 없는 평행선을 이루다가 종국에는 안개 같은 화폭의 배면으로 슬그머니 사라져버리는 운명을 겪고 있다. 시인들은 그 풍경 속에서 의미를 건져올리지 못하

156

고, 삶의 실다움은 언제나 언어의 그물을 벗어나버린다. 그렇다면 우리가 마주한 현실의 어둠은 어디에서 연유하는 것인가? 복잡한 원인들이 있겠지만, 하나의 대표적인 예를 들자면, 그것은 광포한 후기 산업 사회의 자본주의적 욕망의 속도가 만들어낸 문명의 반인간화와 물신화가 광범위하고도 일상적으로 이루어진 데에 그 뿌리를 두고 있다고 할 수 있다. 우리가 발딛고 있는 이 현실은 인간과 자연, 인간과 인간 사이의 코드가 단절되어버린 세계이며, 인간의 삶이 뚜렷한 형태로 조각되는 대신에 하나의 흔적이나 무늬로서만 존재하는 세계이다. 물상들의 희미한 무늬 속에서 그 의미를 판독할 수 없는 세계이고, 존재와 언어 사이에 유대가 끊어져버린 세계이며, 현실이 초현실과 같은 그런 난해한 모습을 하고 있는 세계이다.

함성호의 시를 읽는 데 겪게 되는 어려움은 바로 이러한 세계의 풍경들과 무관하지가 않다. 그의 시들은 이 세계의 난해한 현실과 삶 속으로 단번에 육박해들어가, 그 초현실적 배경 속에서 부유하는 상형문자와도 같은 존재나 물상들에 예리한 해부의 칼날을 들이대고는 거기에서 의미와 무의미의 가닥들을 조심스럽게 탐지해낸다. 그의 기나긴 시들이 펼쳐내는 음울한 열기 속에서 단어들의 행렬은 무시무시한 자본주의적 일상의 속도감과 욕망을 패러디한다. 그리고 마침표가 없이 무한으로 열려진 문장들의 배열은 이 초현실적 풍경이 끝도 없이 지속될지도 모른다는 두려움을 준다. 따라서 우리는 시인이 굳이 그러한 서술의 전략을 택할 수밖에 없었던 사태를 염두에 두지 않을 수 없는데, 그 전략 속에 들어 있는 언어들의 음울한 색채야말로 오히려 그의 시가 지닌 뚜렷한 미덕인 것이다. 세상 읽기가 어렵다면, 현실에 가장 예민한 촉수를 들이미는 시가 쉽고도 명확한 언어들로 짜여진다는 것 또한 모순이 아니겠는가? 함성호의 시들은 잡히지 않는 이 세계의 실체에 대한 고통스런 인유의 방식이며, 그의 초현실주의적인 시적 풍경은 그대로 가위눌릴 만한 이 삶의 풍경으로 되돌려진다.

물론 함성호의 시들이 이 자본주의적 문명에 대한 비판에만 머물러 있는 것은 아니다. 아직 명확히 드러나지는 않았지만, 시인은 이 반인간화의 시대, 모든 개인들이 하나의 섬으로서만 존재하는 소통 불능의 단절된 세계에 대한 하나의 대안을 조심스럽게 모색하고 있는 듯하다. 그것은 그의 시를 특징짓는 강력한 남성적인 이미지들과 역동적인 상상력에 의해서 구성되는 그러한 세계이다. 그의 동해 바다와 어머니에 연관된 시편들, 그리고 설화적/무속적인 질료들에서 길어내는 건강한 정신의 싹들은 이 병든 세계를 넘어설 수 있는 소중한 싹으로 보여진다. 우리는 그러한 파릇파릇한 싹들 속에서 이 시대의 어둠을 뚫고 나아가려는 고통스런 한 정신을 만나게 된다. 그리고, 그 정신은 선취된 이념을 가지고 이 현실을 재단하지 않고, 그 미세한 가닥들을 세심하게 보듬으면서 거기에 대한 현상적인 비판을 넘어서는, 현실의 실체에 육박하는 힘을 보여주고 있는 것이다.

함성호의 시적 촉수가 가장 민감하게 가 닿는 부분은 '문명의 반문명화' 현상이라고 이름붙일 만한 것이다. 그의 시들은 압도적인 문명의 반문명적 양태들을 내관하는 반성의 힘으로 이루어진다. '건축사회학'이라는 부제가 달린 일련의 연작시에서 잘 드러나듯이, 이 세계의 반문명화 현상은 일상사의 세부적인 것들에까지 진행되어 있는데, 시인은 각종의 건축물들을 통해 이 삶의 일상사를 떠받들고 있는 이성의 체계와 욕망의 그물들을 고통스럽게 분석하고 비판해낸다. 그 작업이 고통스러운 이유는 이 현실에 몸담고 있는 시인 자신의 이성과 욕망도 그 분석과 비판의 칼날에서 예외일 수가 없기 때문이다.

'건축사회학' 연작은 건축을 통한 자본주의적 욕망의 탐구로 향해져 있다. 시인은 이 세계의 반문명화 현상의 해부를 통하여 그 속에 또아리치고 있는 "피에 굶주린 20세기말의 이성"이나 '정신착란증'(「정신착란증의 서울」)의 징후를 간파해내고, 또 문명의 상징인 거대하고도 화려한 건축물들의 외피 속에 들어 있는 욕망의 올들에서 '소유의 확대와 자본의 증식과 섹스의 강화'를 읽어낸다. 말하자면, 그 건축물들은 삶의 의미를 담보하기는커녕 오히려 삶의 양식을 해체하고 부숴버리는 '파괴 공학'으로 이루어졌다는 것이다. 그 문명은 스스로를 멸망시키는 공룡의 '거식증'을 연상시킨다. 다음의 시를 보자.

(네로는 더 이상 견딜 수가 없었다) 저 추잡한 거리, 비대한 공룡의 비늘 같은 마천루들, 거대 자본의 충실한 개들이 계획한, 재벌과 신의 사제들의 소유인, 불결해——섹스의 무자비한 충동과 네온으로 반짝이는 광고탑과 교회의 첨탑, 주거 양식이 생활 양식을 교정한 재난의 피난처 아파트——모호한 공간의 의도——탁월한 암산의 정치——바벨탑처럼 높아만 가는 금융회사의 사옥과 지하 생활로 입주한 철거민의 땅굴(네로는 더 이상 견딜 수가 없었다) 번창일로에 있는 교회 산업의 대리점들, 백화점 건물의 무반성과 체육관 건물의 비곗살, 1883년 9월 2일 샌프란시스코 팰리스 호텔에서 민영익은 젊은 아메리카의 야경을, 대한교육보험 건물은 카피 문화의 3차원 산물이다, 한국의 자동차는 일본 자동차 산업의 트로이 목마라고 하잖아요? (네로는 더 이상 견딜 수가 없었다) 세운상가는 일제의 문신이다 전태일씨가 온몸에 신나를 뿌리고 청계천 고가도로를 불덩어리로 질주한다 교통 혼잡의 차량들이 경적을 울리고 서울은 뜨지 않는 간장독처럼 부글부글 끓는다 네로는 야경에 신나를 뿌리고 불을 질렀다(다시 지을 것이다 순결한 도시를 위해)——삽시간에 네이팜탄 같은 불길이 로마의 하늘을.　　　　　　　　　　——「파괴 공학」 전문

　시인의 주목할 만한 전언에 의하면, 이 문명의 반문명화 현상이 미치는 또 다른 치명적인 결과는 세계와 인간, 인간과 인간 사이의 소통을 불가능하게 한다는 것이다. 시인 자신이 한 시의 주석으로 붙여놓은, "신과 인간의 의사 소통은, 인간과 세계의 의사 소통은, 인간과 인간 사이의 의사 소통은, 대중과 예술의 의사

소통은, 어떻게 의사 불통의 언어로 일그러지고 있는 것인가"(「당신과의 교신을 바라고 있는 누군가가 있다」)라는 물음은 그의 문제 의식을 극명하게 나타내고 있다. 시인이 황지우의 구절을 빌어 "매스컴은 반커뮤니케이션"이라고 말할 때, 이때의 매스컴이란 대중들 사이의 소통을 편리하게 하는 문명의 이기가 아니라 오히려 대화의 코드를 불통하게 만드는 반문명적인 것이라는 의미이다. 이를테면, 「경조 전보 약호 문례」라는 시에서 네 자리 숫자로 이루어진 전보문의 약호를 통하여 전해지는, 문명의 이기를 통한 대화의 코드라는 것이 사실은 인간들 사이의 진정한 관계와 대화의 장애로 작용한다는 것을 여실히 보여주고 있다. 문명의 이기를 통한 인간의 대화와 진보라는 계몽주의적·합리주의적 인식은 시의 끝에 나오는 단 세 줄의 글로 뒤집기가 이루어진다. "제주도 어땠어?/[……]/그냥, 떠 있어"라는 충격적인 소통 불능의 사태에 의해.

시인은 거기에서도 더 나아가 인간이라는 "신들이 이룩한 문명" 속에서 바로 그 신들의 죽음과 종말을 꿰뚫어본다. "내 온몸은 죽음의 수상한 공기를 감지하고 있다"(「타르쵸」)는 시인의 촉수는, 찬란한 문명의 반문명화를 가속시켜온 그 신들이란 실상은 "너무 많은 위험 속에서 너무 안이하게 살"고 있는 "파리 목숨일 뿐"(「어느 파리의 슬픈 죽음에 관한 보고서」)이라는 것을 촉지해낸다. 문명의 반문명화 현상에 대한 시인의 그러한 절망적인 인식에서 "봄날은 갔다 흰 뼈 통

째로 드러나보이도록 투명한 봄날은 갔다"거나 "나는
청춘의 가장 푸르른 날에 죽음을 보았다"(「火式圖」)라
는 표현이 나오게 된다. "아름답구나 오염의 강이여"
(「당신과의 교신을 바라고 있는 누군가가 있다」)라는 구
절, 또는 아래의 시에서와 같이 역설적인 표현이 자주
등장하는 것도 그러한 사정과 무관하지가 않다.

　　아름답네요 그대 어깨 위에서 자멸하는 역광의 눈부
　심이 사지에 쥐나도록 아름답네요 분절하며 증식하는
　짚신벌레의 생식처럼 화형의 세월 속으로 침잠하는 부
　나비예요 수면에 던져진 돌멩이와 같아요 눈을 뜰 수
　없이 승천하는 불꽃처럼 타오르네요
　　　　　　　　　　　　——「비와 바람 속에서」 부분

시인은 이 반문명화의 시대를 "폐허의 연대"(「火式
圖」)라고 규정한다. 그러한 시대적 규정은 위에 인용
된 시의 다른 부분에서도 "눈가림의 세월"이나 "화형
의 세월," 또는 "풍지박산난 폐허"나 "춘풍추우 공습
경보의 세월"이라는 표현으로 등장한다. 시인 자신의
사주팔자인 듯한 제목의 시「癸卯 丁巳 甲戌 甲戌」은
그러한 '폐허의 연대' 속에 위치한 시인의 운명을, 아
니 더 나아가서는 이 시대의 보편적인 운명을 예언적
어법으로 토로하고 있다. 이 시대는 "아귀처럼 늘 혀
가 갈라지는 갈증에 목말라하게 될 것"이며 "한문의
유산도 물려받지 못할 것"이라고 시인은 예언한다. 이
'풍지박산난 폐허'의 시대를 시인은 "어느 보살의 섬세

한 손길도 그대 운명을 탄주하지 못하리라"라고, "어떤 원력의 부적으로도 그대 생의 열주들을 다시 노래할 수 없"다고 참언한다.

그러나 문제의 더한 심각성은 이 세계가 병들었다는 사실에 있는 것이 아니라, "세계가 병들어도 나는 너무 건강하다"(「나의 전체는 누군가를 기다린다」)고 믿는, 마비된 무반성적 이성의 맹목에 있을 것이다. 그렇게 반성을 상실한 이성의 맹목으로 추동되는 자본주의적 거식증의 욕망, "끓는 기름과 조갈의 불화살을 쏴/끊임없이 당신을 상품화하고/끊임없이 당신을 당신이 소비하도록/구애한다"(「잠실 롯데 월드」)는 시인의 말대로, 스스로를 탕진하도록 하는 욕망이다. 그것은 생산이 없는 불모의 문명이다. 그 문명의 황량함은 "거부할 수 없는 현실 앞에서 견디우고 있는 저 꽃 피우지 못하는 개나리"(「비와 바람 속에서」)로 상징되기도 하고, "풀 한 포기 자라지 않는 황량한 무덤"으로 비유되기도 한다.

이 반인간화와 물신화의 세계에 있어서는 사랑 역시도 인간들 사이의 진정한 관계와 대화의 통로가 되지 못하고, 단지 육욕과 계산만이 표면으로 떠오르게 되어 진정한 관계를 왜곡시키는 수단이 된다. 그래서 시인은 「서동」이나 「사랑, ──불치의」 등과 같은 시에서 그런 불모의 사랑이 아니라, "타오르는 불의 중심처럼 사무치는 고온이면서도/뜨겁지 않은"(「불──, 검게, 사무치는」) 그런 진정한 사랑을 희원하게 되는 것이다. 그 희원은 또한 '56억 7천만 년 동안'이나 청동 미륵상 속에 갇혀 있는 그 고독한 미륵의 도래(「행복한 미륵님」)를 기다리는 것과 다르지 않다. 시인이 "인류여 멸망하자"(「타르쵸」)라거나 "이제 곧 마지막 나팔 소리가 울릴 것이다"(「당신과의 교신을 바라고 있는 누군가가 있다」)라고 말할 때, 그 언어들은 인류의 무반성적인 문명을 향한 마지막 경고의 목소리로 들린다.

Ⅲ

함성호의 시에서 문명의 반문명화 현상에 대한 가열찬 비판의 다른 한쪽에는 동해 바다와 어머니로 표상되는 가난한 유년의 세계에 대한 그리움이 있다. 시인에게 있어서 동해 바다와 어머니는 어쩌면 한몸을 이룬다. 그 어머니와 바다에 관한 시편들은 시인의 유년기적 추억과 관련하여 매우 독특한 심상을 표출하고 있는데, "창호지에 이름을 적어 밥을 싸 빌며 던지던 바다"(「활이 내주고 간 구멍」)는 원초적인 설화적/무속적인 색채를 현저하게 띠고 있다는 것도 함성호의 시세계를 이루는 주요한 특징이다. 살풍경한 어촌의 하루를 그리고 있는 「속초항에서의 하루」나 「바다──, 그 깊은 벽」 같은 시에서 나타나는 그 유년의 세계는 문명의 반문명화 과정 속에서 상실되고 사라져가는 것들의 운명을 지시한다. 가난하고 가냘픈 어머니에게 바쳐진 시들을 통해서 우리는 문명의 반문명화 속에서 마모되고 훼손되어가는 저 유년의 신화적인 세계를 목도하게 된다. 시인의 추억 속에서 어머니와 바다는 그렇게 '자연'의 상징으로 화한다. 그 어머니는 이

164

제 "철기의 유물처럼 녹슬고 계"(「사신도」)시지만, 여전히 시인의 삶을, 이 문명의 반생명성을 감싸는 든든한 배경으로 자리하고 있는 것이다. 아래의 시들에서 병든 자식이 먹다 남긴 그 식은 밥을 시래기국에 말아 잡수시는 어머니와, 바람에 흔들리며 오래도록 손 흔들고 계시는 어머니의 모습은 얼마나 눈물겹고 숭고한지.

　　어머니 밥 잡수신다
　　시래기국에 찬밥덩이 던져
　　넣어 후룩후룩 얼른 얼른
　　젖은 행주처럼 조그맣게 쭈그리고 앉아

　　목 퀭한 환자복의 아들이 남긴
　　식은 밥 다아 잡수신다　　　　　——「식은 밥」 부분

　　떠나가느냐
　　이제 언제 오니?
　　바람에 실어
　　소식 전하지요
　　들어가세요
　　드러가아
　　어머니는
　　오래도록
　　손 흔들고 계셨다
　　바람에 흔들려　　　　　　　　——「배웅」 부분

시인이 "가자, 내 푸른 동해로"(「해인사」)라거나,

"문득 바다가 보고 싶었다"(「바다—, 그 깊은 벽」)고 말할 때, 그 바다는 병들고 지친 물신화된 문명과 도시적 삶의 배후에 존재하는 유년기의 어머니 품이나 광활한 대자연의 품에 다름아니다.

바다를 보지 못해 나는 병들었다
헛헛한 꽃들이 마른버짐처럼 피어나는 한 철 송화가루 날리는 독백의 산 그림자 속에서 나는 변절의 수상스런 기포를 끊임없이 뿜어올리는 눈먼 쏘가리였다 청춘의 푸른 가시에 상처입은 맨살 위로 축축한 안개에 불을 지르는 자학의 방화범, 얼른 잿더미로 화해버리지 못해 안달하곤 하던 번제의 부정한 제물이었다 솔잎혹파리에 침식당한 소나무숲을 가로질러 은·백·회색의 나무들을 기르는 긴 강이 비에 젖을 때 내 광활한 불의 나무숲도 그 중심으로 푸르게 젖어갔다 살아 있다면 흐르는 푸른색으로 보호받고 싶었다——짙푸른 밤의 바다뱀 자리가 눈부신 햇살을 인 자작나무처럼 별들은 사원 목어의 빈 배를 두드리며 죽은 나무숲의 뿌리를 적시고는 곧, 지하의 수맥으로 흘러갔다 봄볕에 투사된 연록색 이파리 위에서 봄볕보다 더 투명해져가던 카멜레온의 진정한 색은 무엇이었을까——무성한 수풀이 가리마처럼 갈라지며 종다리 우짖는 창천의 하늘 아래로 한 마리 정결한 산뱀이 사라져가고 가는 가지에서 막 자라는 순결한 잎은 마지막 내려앉는 불온 삐라처럼 빛났다 엄청난 수압의 폭포를 뚫고 둥지를 키우는 물까마귀의 날개처럼 몰래 키워온 내 어린 철쭉의 붉은 꽃잎도 폭설에 부러지는 예각의 솔가지로 눈멀어갔다 강의 상류로 흘러가는 일점 바람은 뛰어오르는 잉어의 아가미를 꿰어

내고 봄내, 거기서 나는 죽어도 좋았다
　　　──「봄내, 거기서 나는 죽어도 좋았다」전문

　　위의 시에서 보이는 "광활한 불의 나무숲"이 환기
시키는 이미지와, "엄청난 수압의 폭포를 뚫고 둥지를
키우는 물까마귀의 날개"나 "강의 상류로 흘러가는
일점 바람은 뛰어오르는 잉어의 아가미를 꿰고" 같은
구절들은 얼마나 힘차고 역동적인 상상력의 표현인가?
"자학의 방화범"이며 "번제의 부정한 제물"이었던 시
인은 그렇게 대자연의 품속에서 잃어버렸던 생기를
회복하는 것처럼 보인다. "태양이 나를 치유하고/바람
이 나를 살릴 것이다"(「송장메뚜기」)라는 시인의 믿음
은 바로 그러한 문명의 대척점에 서 있는 자연의 자
기 자정 능력에 대한 신뢰에서 연유하는 것일 터이다.
　　함성호의 시에서는 이 바다와 어머니의 세계에서
그리 멀리 떨어져 있지 않은 지점에 설화적/무속적인
세계가 존재하고 있다. 아니, 그 두 세계는 겹쳐서 포
개져 있다고 말하는 편이 옳다. 함성호의 시들은 이러
한 무속적인 요소들이나 설화와 신화적인 이야기들을
차용함으로써 우리로 하여금 원초적인 정서와 만나게
하는 체험을 제공한다. '서동요'에 얽힌 백제 무왕과
선화공주의 이야기, 유리왕 설화와 주몽의 신화, 그리
고 단군의 개국 신화와 운주사 와불에 얽힌 미륵 신
앙 등에서 빌어온 이야기의 구조는 이 반문명적 현실
과 길항 관계를 유지하면서 시인의 시세계를 풍요롭
게 하는 것이다. 어머니와 바다나 설화적/무속적인 것

에 대한 시인의 경사는 과거에로의 도피나 회귀를 의미하는 것이 아니다. 오히려 시인은 그 세계 속에서 오늘날 반문명화의 도정에서 상실되어버린 신과 인간 사이의, 자연과 인간 사이의, 인간과 인간 사이의 유대와 소통 가능성을 확인하면서, 그것을 이 현실의 어둠에 대한 건강한 비판의 정신과 힘으로 작동시킨다. 그 세계는 시인의 시세계에 활력과 희망을 제공하는 단서로 작용하고 있다는 점에서 대단히 긍정적인 의미를 부여받게 된다.

IV

나는 함성호의 역설과 아이러니의 장광설이 뿜어내는 그 날카로운 비판 정신의 시들보다는 설화적인 세계와 '어머니'의 세계를 노래하는 시편들에 마음이 더 끌린다. 거기에는 이 파편화된, 대화 불능의, 소통 두절의 삶의 남루한 조각들을 기워낼 만한 넉넉한 인고의 정신과 건강함이 있다. 그러나 함성호의 시의 미덕은 현실 사회의 반인간화와 물신화를 도피하는 방향에서 그 어머니의 세계와 설화나 무속의 세계가 설정된 것이 아니라는 점이다. 말하자면, 그것은 유토피아가 아니다. 시인이 그려내는 설화적인 세계는 이 현실 세계와 이분된 저쪽 편에 존재하는 것이 아니라, 이 현실의 삶을 폭넓게 감싸안으면서 그것을 성찰케 하는 동력으로 작용한다. 그렇게 삶을 이분화시키지 않고, 이 삶 속에서 삶을 바라보고 그 지향점을 세우려는 현실주의는 대단히 소중한 정신이 아닐 수 없다.

모순적으로 보이는 그 두 세계의 화해야말로, 자연이 문명을 감싸안고 문명이 자연을 배반하지 않도록 하는 것이야말로 지금 여기에서 우리에게 가장 필요한 일이 아닐 것인가?

오래도록 그 두 세계 사이에서 시인은 힘겨운 왕복을 감행할 것이다. 그러나 그 힘겨움을 감당하는 것 외에는 달리 어떠한 길도 우리에게는 주어져 있지 않은 것처럼 보인다. 우리는 이 물신화된 문명의 지반을 떠날 수도 없고, 그렇다고 저 약동하는 힘들이 숨쉬고 있는 자연의 세계를 포기할 수도 없는 것이다. 그러니 어찌 하겠는가? 함성호의 시적 작업은 그러한 이중의 노력과 인내의 과정을 수반하고 있다. 그것은 쉬운 작업이 아니다. 내가 즐겨 읽는 아래의 시는 '초록빛 새'를 쫓아 '낯선 마을'을 오래도록 방황하다가 돌아온 화자와 그의 어머니의 대화로 이루어져 있는 대단히 아름다운 시이다. 설화적인 색채를 띤 그 모자의 대화 속에는 문명 지향의 아들의 세계가 자연의 어머니의 세계 속에서 새로운 눈을 뜨게 되는 계기가 들어 있다. 그것은 "무덤에서 금방 돌아온" 재생의 이야기이다.

어디 갔다 이제야 왔니? 남바리 갔었어요 엄마 가서 고기도 잡아올리고 벗의 죽음에 가서 꽃도 뿌리고 왔지요 그 바다의 고기들은 내내 싱싱하고 더 살쪄서 절로 배가 불렀어요 모든 것이 일순간에 너무 풍요로워지고 바다는 정말 번성했어요 어디 갔다 이제야 왔니? 이른 강에 갔었어요 엄마 강은 엄마의 젖무덤처럼 황폐해가지고 메마른 바닥에서 나는 놀았지요 사람들은 곱게 서

로서로의 머리를 매어주고 얼굴엔 아름다운 화장도 해
주었지요 나도 얼굴을 씻고 고운 진흙으로 단장하려 했
는데요 엄마, 자그마한 웅덩이에 고인 물을 내 손주박으
로 떠올렸을 때 거기에는요, 파도치며 흐르는 바다가 떡
하니 있었어요 나는 그 바다에서 그만 목을 놓고 말았
지요 어디 갔다 이제야 왔니? 이제 무덤에서 금방 돌아
온걸요 엄마 이슬의 머리를 밟고 갔다 왔어요 많은 꽃
들이 피어 무덤 가는 길을 환히 밝혀주었지요 하늘이
너무 쨍쨍해 눈이 가려워 그 하늘 다 보지 못했지요 눈
감고 한참을 가다 나는 이윽고 낯선 마을에 닿았어요
거기서 발을 씻고 한 삼 년 잘 살았지요 그곳엔 청승맞
은 꽃들이 주야장천 만발해 사람들은 늘 슬픈 얼굴이었
어요 어디 갔다 이제야 왔니? 초록빛 새들의 노래를 쫓
아 빈 들에 갔었어요 엄마 그곳엔 흰 눈이 내려 떡가루
를 뿌려놓은 것처럼 눈이 모자라기 온들이 널비널비 광
활해갔어요 그 눈 내린 벌판에서 나는 한 여자를 사랑
했지요 여자는 자꾸 울기만 했는데요 난 그 계집의 슬
픔보다 그 계집의 눈물이 짜서 더 좋았어요 그게 탈이
되어 내가 쫓아간 초록빛 새처럼 내 사랑도 그렇게 떠
나고 말았지요 어디 갔다 이제야 왔니? 아무데도 가지
않았어요 엄마 단지 차디찬 건넌방에서 죽음처럼 누워
있었지요 거기에서 세상 밖의 온갖 소리를 들었어요 방
안엔 물이 가득차 나는 물고기처럼 말이 없었지요 엄
마, 김칫국에 밥 말아 한상 잘 차려주세요 하나 하나 먼
산 능선의 나뭇잎들을 다 읽어낼 수 있을 것 같습니다
　　　　　——「내 손주박 안에서 넘치는 바다」 전문

나도 "김칫국에 밥 말아 한상 잘 차려" 먹고 싶다.